我 的 5000 个沙盘

致敬每一个努力的人
SAND TABLE

不忘初心 / 永无止境
心中坚定着热爱，人生自有光芒

Never forget your heart
It never ends

王黎明———— 著

吉林出版集团股份有限公司

图书在版编目（CIP）数据

我的5000个沙盘 / 王黎明著. — 长春 : 吉林出版
集团股份有限公司, 2021.11
ISBN 978-7-5731-0666-7

Ⅰ. ①我… Ⅱ. ①王… Ⅲ. ①散文－中国－当代
Ⅳ. ①I267

中国版本图书馆CIP数据核字(2021)第238741号

我的 5000 个沙盘

著　　　者	王黎明
出 版 统 筹	邢海鸟
责 任 编 辑	陈瑞瑞
封 面 设 计	梦　乡
开　　　本	880mm×1230mm　1/32
字　　　数	100千
印　　　张	5.25
版　　　次	2021年12月第1版
印　　　次	2021年12月第1次印刷

出 版 发 行	吉林出版集团股份有限公司
电　　　话	总编办：010-63109269
	发行部：010-63109269
印　　　刷	河北盛世彩捷印刷有限公司

ISBN 978-7-5731-0666-7　　　　　　　　定价：48.00 元

目录

第一章

王家卫的电影

第一次来到上海是2004年的夏天。自己一个人走在上海外滩的路上，看着奢侈品店里的人进进出出，门口的保安冷若冰霜，外面的走廊上有很多外地的游客拍照。这里是见证着这个时代迅猛发展的浦东新区。我从卖书报的地摊上随手买了一本财经杂志，是关于地产与经济的，封面是郎咸平教授的半身像。我坐在一条长椅的角落，点了一根"玉溪"，无聊地翻看着杂志。夏日黄昏的落日把我的身影拖得老长老长。

每天都有无数人涌入上海这个飞速发展的城市，很多人带着关于未来的宏伟蓝图，带着理想、白日梦以及对成功的渴望来到这里。也有无数人离开，离开这个看似冷漠的城市，这个让人迷失的、由摩天大楼组成的"森林"，这个满是眼泪和感伤的地方。

在我第一次挤地铁从虹桥站辗转到浦东的那天，我看见年轻的白领从嘈杂的人群中挤了出来，踩着恨天高的女孩熟练地从地铁的楼梯飞奔下来。除此之外，在地铁里还闻到各种奇特的味道。我全然不理会这个城市会带给我什么，或者我将来能拥有什么样的生活。我盘算着什么时候离开这个城市回到老家泌阳县，进厂或者到工地做工，再或者学习美容美发当一名"托尼老师"。我想起电视剧《上海滩》里，许文强和丁力第一次合作失败之后，逃命时说："上海就是这样，一夜之间什么都有，一夜之间什么都没有。"

上个月我还在老家泌阳县的某个工地上，对着工地里堆成山的沙子水泥思考我将来要干什么，没承想这么快就做出了决定：要来上海看一看。从泌阳到上海汽车站的大巴车上挤满了人，有人抱着哇哇大哭的孩子，有人靠着窗子点根烟无聊发呆，有人脱了鞋子熟睡臭气熏天。这些场景对于一个去往陌生城市的年轻人来说一点儿也不显得突兀：也许这就是一个人往前走应该有的样子。若干年后，我把这段经历告诉同事们，他们已经全然无法想象2000年年初，年轻人孤身来到上海会面临哪些挫折，又会如何去努力改变这个世界。

我坐在大巴车的中间位置，父亲告诉过我坐长途汽车这个位置是最安全的。当时电视机里正在播放王家卫的电影《阿飞正传》。在我们的小县城，看电影是一种奢侈，两块钱一盘的盗版录像带，一屋子里挤满了人，烟熏火燎的。电影播放的时候，画面与声音不同步，在人物说完话之后才出现声音。而眼前正在看的《阿飞正传》，与我看过的录像带，完全不一样，正宗的普通话台词与人物同步得刚刚好，画面也如此顺当，这是我第一次体会到看正版电影的舒适。

这段旅途的经历，彻底改变了我的人生。直到2017年年初创立筑榜模型集团，一位负责江苏市场的项目经理在向我汇报的时候，我突然打断他，"你能告诉我，你是怎么看待南京这个城市的吗？"一下子把项目经理给问蒙了。

于是，我熟练地用王家卫的台词风格告诉他："我已经很久没有坐公交车了，也已经很久没有这么亲密地接近一个城市。这个城市有中山陵，这个城市有夫子庙，这个城市有很多条我没有走过的路。虽然我不知道将来会不会把这条路走完整，我也不知道会在这个城市的哪一个站台下车，但我还是会告诉你从玉桥到六合有条公交线路叫玉六线，我一定会从终点站下车。下车的时间，需要一分钟，因为车上很拥挤，可是这一分钟，我觉得好暖。"

接着，我给公司的管理层讲述了一段经历，这是我从事房地产模型行业之后，第一次真正意义上去服务客户的楼盘，第一站便是南京的六合区，标的项目公司便是六合地产的龙头老大某盛置业。从南京火车站下了车，我一边向人打听，一边找能够到达六合区政府的公交车。走南京二桥得花一个半小时的车程，公交车里拥挤得像沙丁鱼罐头一样，前面入口想要进来一个人，后面就必须得出去一个人。我一手握着手机一手握着钱包——挤在人群里，万一被扒手光顾，可就麻烦了。

一路上，我站着睡着了三次，每次都被司机师傅熟练的急刹车给晃醒，据说南京的公交车司机大都是"超跑"出身，这话一点不假。下了车，呼吸一口新鲜空气，一位个头矮小又黑又瘦的男孩，拖着一只拉杆行李架，上面绑满了厚厚的书籍，走上前来向我借火。我指着拉杆箱问他："这里装的是什么？""哦，这些啊，《中国房地产广告年鉴》，过来找地产公司推销的，我们公司专门做这个。"正值中午，到了饭点，公交站对面有一排店面，全是大排档小吃，我热情地对他说，"哥们，咱也算同行，我是做房地产模型的，走，一起去吃个饭？"男孩迟疑了一下，笑着点了点头。

刚来到公司的时候，主管就告诉我，遇人热情，多主动打招呼，以诚待人，才能遇到真心的朋友。

在等老板娘上菜的时候，经过他的允许，我从架子上拿下一本广告年鉴，一页一页地翻开。看着书里的画和精彩优美的文案，我问："这些都是你们自己做的吗？"

"不是，这是我们公司在各地搜集的，集中起来，打印成册，拿出来推销。"

"好卖吗？"

"好卖。"

这几年房地产突飞猛进，延伸出的行业也是五花八门。他知道的房地产知识要比我多得多，告诉我哪里有新楼盘、哪里有品牌的开发商、哪里的房价是多少，甚至告诉我哪里可以去谈一谈沙盘业务，还给我了好几位地产负责人的电话号码。这都成为我后来在南京以及长三角地产圈积累的原始资源，这是后话。

吃完饭之后，我和他一起，走在龙池湖边上。这是一条很长的路，他的拉杆架车拖行在水泥路上，发出了咯吱咯吱难听的噪音，他仿佛习惯了，全然不在乎。那天，他告诉我他决定把推销房地产广告年鉴当成一项事业来做，我也决定把模型作为自己毕生追求的事业来拼搏。

那会儿六合还没有发展起来，龙池湖还是个大池塘，周围长满了野草，区政府大楼把天空切割成几何形状。有一段路，边儿上全是梧桐树，枝繁叶茂、天空皲裂，午后的阳光不算毒辣，但很刺眼。男孩一路滔滔不绝地给我讲各种房地产知识，我一边抽着烟，一边听着他说。那天在六合的路边，买了两碗面条，不加葱，不加辣油，屋子里挤满了农民工，头顶油腻的电风扇在不停晃动。

我们分别之后便一直失联至今，我很想知道他现在在忙些什么，是否还在推销他的广告年鉴。对于像如今这样资讯发达的年代，我们每个人都不约而同地改变着，试图走在时代的前列，找到与此共生的平台，去发展、开阔自己的眼界。

到某盛的售楼处的时候，给营销负责人打电话。他正在开会，让我在售楼处的接待区等他。我当天的任务除了领导交办的常规对接之外，还有一项：把沙盘拆掉，搬到位于南京奥体中心的秋季房展会现场，结束之后，再给搬回售楼处。对于当时的我来说，这是一项非常艰巨的任务。看着四十多平方米的沙盘，我就像一个从来没有吃过西餐的人，拿着刀叉，看着牛排不知道如何下手。

仅剩的半包烟已经抽完，负责人才姗姗来迟。我们简单交流了一下之后，他把搬家公司的电话、奥体展会的地址以及展位告诉我，便说他还有一个会，让我自己来解决。我联系了公司的厂里技术部门同事，同事在电话里慢条斯理地教我如何拆卸沙盘。

我统计了一下，一共十五块平面面板，二十多栋楼体，还有若干小件。当我打开底座的检修入口，问题来了：以我的体型，根本钻不进沙盘下面的检修洞。于是我想到推销广告年鉴的那个男孩，他又瘦又小，非常适合，所以打电话把他叫了过来。

我俩忙活了半天才把沙盘模型分组拆卸完毕。给每一组单体都标上号码，并且用最笨的办法，把编号给记录了下来——等房展会结束之后，还得丝毫不差地安装上去。这是我第一次真正意义上亲手参与沙盘的分解。一直等到傍晚，搬家公司才过来，男孩一下午没能推销出一本年鉴。我实在过意不去，自掏腰包买了他一本。我俩一起跟着搬家公司的卡车，去了南京城里。可怜的进城通道消化不良，在沉默而无可奈何的稠密车流中，兴奋的引擎和空气摩擦的吼叫声里，我俩坐在车厢里，在这个城市里显得格格不入。

我们每天都在遇到各种各样的困难，甚至包括我们无法预料到的点点滴滴，只有当时的我才能感觉到，事后很容易忘记得一干二净。在职场中，我们能够承受多大的委屈，就能在这条路上走多远。

我记得那天，在房展会现场安装完沙盘之后，已经十一点多了，男孩一直陪我忙活着。晚上我请他吃了顿南京大排档，点了一瓶牛栏山、几碟小菜。江东中路的月亮刚刚升起来，我从来没有见过那么圆那么大的月亮，挂在天上，风也很给面子，轻轻地吹。几片叶子，落在空荡荡的马路边，接着一片又一片，有一片旋转着飘到了我的手上，秋天不紧不慢地来了。

我赶上最后一班绿皮车回了上海，站票，蹲在吸烟区，翻看着那本房地产年鉴。我第一次知道国内竟然有这么多品牌的地产公司，有那么多优秀的房地产项目。需要学习的东西还有很多，但转念一想，这何尝不是一次突破自己的机会。蹲得累了，起身点了一根烟，望着黑漆漆的窗外。如果把人生当成一次旅行，在这个过程中，青春固然使人迷恋，但每个人不可逆转地走向成熟，我们必须得接受这个事实，是这些经历使我们的人生活得更加有意义。

王家卫电影的经典之处在于台词，与李安的哲理化生活烙印不同，将经典的台词用复杂的语序翻译出来，让生活在啰唆之余，变得更加丰富多彩。希望公司管理层听了我这段分享之后，他们能够理解沙盘模型这个行业并不仅是给地产公司提供这项业务的促成，更多的是使原本复杂的行业体系，变得更加清晰，更加一目了然。有一位同事的评论让我记忆深刻，模型行业正是把一句简单的话翻译成王家卫的电影台词，而这段电影台词的出发点，却又是那么真实与简约。

这大概是我创立筑榜模型之后，从职业生涯开始的地方，再一次深刻的体会。到了上海站的时候，已经是凌晨三点半。这本房地产年鉴，一直陪伴着我，在我最困难的时候，让我看到了方向与梦想。

这是我与我做的第一件沙盘的故事。

因为种种缘故，我把创立筑榜模型前入职的东家的名字隐去了。一方面不想给前东家带来不必要的行业猜测，另一方面更重要的是，放在内心的感恩，才能持续一生。这家原生公司给我带来的不仅仅是职业生涯的起点，更重要的是世界观的指引。这对于一个刚刚来到上海的年轻人来说，是多么难能可贵。

自从回到上海，我便有了强大的动力，陆陆续续签下了一个又一个沙盘，国内从长三角到新疆，海外最远到迪拜。每次回想着这十几年的奋斗经历，都会想起那个在夜色中，掀开窗帘向外望去就能看到背负满月在云中汩游的巨鲨的年纪；那个激情在办公室里会出现心中落泪的大象的年纪；那个想象无根无芽，把荒芜的房间，装点到花团锦簇的年纪。

经手第五千多件沙盘之后，我竟然已经有些麻木了，对数量没有了太多的概念。有同事开玩笑地把我形容成中国房地产的活体博物馆、沙盘模型的非物质文化遗产。我在一次公司会议日志里，提到这样一句话：这一路走来，心变得非常明亮，亮到能照出自己刚刚来上海的样子，亮到能拒绝蒙尘，拒绝出售纯真，拒绝缴枪投降。

通过几年的努力，我升职成为上海区域总经理。当时遇到的困难极大，刚开始接手的时候，公司场地过小，来的客户参观体验感不够，甚至工厂施工地点、职工食堂、宿舍都远远达不到业务发展的规格和标准。同公司申请之后，我开始带着管理团队，在上海四处找适合的地方，包括新地点的选址，办公区域的装修，施工空间的分配以及一些纷繁琐事。刚好那段时间我的第二个孩子出生，而陪伴家人对我来说却成了一件非常奢侈的事情。

几个月的努力没有白费，我们的场地成了全上海模型公司最具体验感的地点之一。很多客户朋友来了之后，我都会给他们分享这一段经历，当时便在想，将来有机会，写本书，一定要把这段时间，当做我人生最宝贵的财富，告诉给所有的朋友。

自从加入模型行业之后，我逼着自己把工作做到极致。这份激情也感染着身边每一个同事。新址选定之后，光是研究图纸，就和几位主要管理层，忙碌了好几个晚上。从客户体验入手，从院子里停车的指引开始，每一棵草木我都和同事亲自去花木市场挑选。有一次，因为两棵桂花树高矮不一样，负责的同事被我批评了一顿，连夜进行整改。

新址落成的当晚，我们在附近的海底捞火锅店，我对这位同事说："这不仅仅是两棵树高矮不一的问题，更是我们对产品的细致程度问题。"接着又对大家说："你们看海底捞能够做得那么好，最重要的一点就是把服务做到极致，把细节做到极致。这个其实并不难，贵在坚持，不忘初心。"

其实，很多时候我在想，对于沙盘模型这个房地产细分供应行业来说，怎么样能够从茫茫的红海竞争中脱颖而出，最重要的一点是要把细节把控到常人难以想象的境界。

我们的团队养成了良好的细节把控能力。比如说，沙盘上小拇指大小的一棵绿植，都是从业多年的老师傅亲手制作。它的颜色、模样和规格都要严格把关，按照方案约定的要求来制作。地产模型来说，是展现给客户最有价值的东西。既要按照设计方案，把沙盘模型展示出来，也不能有夸大之嫌，给地产公司的销售带来麻烦。因此，生产制作模型的过程是重中之重。将产品完美呈现，是我们一贯的宗旨。

接下来，我要求团队每次出差去项目地，除了与工程营销对接之外，还要了解地产项目的整体情况。创立筑榜模型集团之后，我们建立了筑榜学院，郑州、南昌、南京、广东建立了分院，邀请地产的营销总、项目总成为我们的培训讲师，给所有的同事讲解关于房地产开发、营销、建设一条线的理论和实践知识。毕竟我们作为房地产行业的关键一环，是参与者，是建设者，更是见证者。

新址建设完成的前一天，我们忙碌到凌晨五点多，天幕依然深沉，间或点缀着银白色的星星，平和又宁静。生产团队在副总的带领下，已经马不停蹄地开展生产，灯火通明，大家拖着几个月来疲倦的身体，又被院子里的阵阵冷风吹清醒。一位同事开车送我回家，车穿过了宁静的马路，远远近近的树木剪影，还有星星点点散落的灯光，天慢慢从暗黑变成墨蓝色，再微微出现破晓的亮光，天边一丝霞光扩散着，没过多久便渲染了一大片云彩，继续悠然飘散开。

伴随着国内房地产行业的飞速发展，模型产业也迎来了新一轮的机遇。进入2012年，业务团队来了一次大范围的扩充，并且把业务区域扎根在整个华东地区，立足长三角进行充分发展。国内地产排在前列的公司纷纷把总部搬迁到上海。对于我们来说，这既是机遇，也是挑战。办公室负责人在会议室的墙上，挂上了一幅长三角地图，并且将我们扎根的城市插上红旗，而上海已经成为我们发展的重心。

月初，我带着业务经理团队去了趟山东，爬了一次泰山。晚上八点多从酒店出发，蓝紫色的天幕挂着一轮明月，和那一年在上海站看到的一模一样。上山的路上只有零星的游客，昏黄的路灯指引着上山的路，前面却是黑漆漆的一片。远远地能够看到山顶的样子。田凯说，这也许就是奋斗的过程，不用希冀于多久能够登上山顶，而应该关注脚下的路是否属于自己。当时天有些阴沉，越往山上走，越感觉到寒意。上山的时候穿着短袖，幸亏有同事租来厚厚的棉大衣，才不至于冻得瑟瑟发抖。俯瞰云海，朝阳一点点从云层里探出头来。

下山之后，我们一边聊着工作，一边感慨万千。田凯体力好，从山上搬了一块十来斤重的泰山石，一路扛下来，累得气喘吁吁。到了山脚，请一师傅给刻了字：东山再起，独领风骚。这块泰山石至还放在我的办公室里。

回来的路上，我们七嘴八舌地聊起了我们的感悟。爬山的过程充满了随机性，人生也一样，只有在随机性里，才能寻找到人生的最高峰，要与不确定性当朋友，积极寻找，而不是在颓废中度过。找到心之所向，努力坚持，才能不辜负岁月，不辜负自己。在上山的石阶上，同事们总有人想放弃，然而新的环境，总会是让人兴奋的，团队之间的相互鼓励，见到差距之后的相互补充，才是我们最终爬上泰山山顶的前行法则。

所以我们在山上的过程中，遇到的种种不确定性，既是挑战也是机遇，正如老子所说：祸兮，福之所倚。福兮，祸之所伏。孟子也说过：生于忧患，死于安乐。回到公司之后，大家一致同意开展积极有效的竞争机制，把生产、营销和管理三大部门纳入绩效管理制。把一个个大麻烦，化解成小麻烦，再一步步地解决掉它们。

这是关于我奋斗的第一阶段的故事，没有多么糟糕，也没有多么顺当，只是在这个过程中，努力地捍卫自己的梦想与期望。同样，这一段话，我也想写给自己的两个孩子，如果你们有梦想的话，就要努力地捍卫它；如果你们有理想的话，就要努力去实现。

第二章

体验与终身成长

其实无论是生活还是工作，生命的意义就在于不停地解读自己，解读这个世界，以追求智慧的方式探索人生，体验人生。生活是一门科学，更是一门艺术，职业过程也是一样。刚刚来到上海，开启制作模型的职业生涯时，我把自己定位成一个用心生产模型人。如今，如果有人问起，我还是会这样回答。

未经体验和思考的职业生涯，是很难取得成功的。我把这种成功理解成为终身成长。我在一次公司例行的日课上，说明了三件事情：一是找到事物的本质，二是找到事物的规律，三是找到事物之间的相互联系，而这种联系正是我们的创新与发明。每个人的职业哲学，只有靠体验才能够得到，体验才能够进入真实的情景，在这个情景之中，最终才能够找到我们奋斗的真实意义。

有过这样的一种说法，你正在经历的人生，就是你内心的一种映射。如果你心中开满了花朵，那么你满眼看到的全是鲜艳的花儿；如果你心中飘满了白云，你满眼看到的将是美丽的云彩。心情好的时候，即便是阴天，我们也会享受这种体验带来的微妙触感。由此可见，人生中发生的一切事情，全都是我们内心的体验吸引和塑造的。我们很多时候，在这个复杂的世界里，将万事万物回归于自己的内心，我们只有把握好自己的内心之后，才能更好地与人相处，解决问题、生存于世。

借助房地产飞速发展的大环境的红利，我们房地产模型行业也在高速发展。同时，我们意识到一个巨大的问题，即个人能力如何与之相匹配，如何让自己在这场洪流里，实现自我价值的同时也实现境界的提高。

说到底，思维方式决定着一切。我们这个在外人看来偏冷门的行业可能更多的是作为地产行业和政企单位的模型设计商。如何在这个行业里做大做强，相信是很多从业者一直在思考的问题，包括公司高管在内，每一位同事都在思考我们从事和经营的事业能够为这个社会做出怎样的贡献，我们的出现能够改变这个世界哪些地方。现在我明白了，公司发展的同时，个体的成长同样是非常珍贵的一种体验。

当你看到公司业务扩张的时候，每个人都在努力地成长，都在努力地变化，这是一种积极向上的企业精神，值得我们为此奋斗终生。在最开始忙碌的那两年，每个月总会遇到许许多多无法预计的问题，除了常规的业务对接、客户拜访、产品研发和供应商采购的工作安排，还要管理着公司一摊子琐碎杂事，还要给公司所有员工进行职业生涯规划。时间严重不够用，恨不得一天能够多上几个小时。

随着社会科技的发展，沙盘工业已经成为一个独立门类，我们如何去跟进，是一个值得探索的话题。譬如说，高科技的材质、3D打印的盛行、智能云端控制等等。同时也担心有一天会被虚拟的场景模型取代。我会选择在被时代淘汰之前，适应这个时代。

自从创立公司以来，对于我和团队来说，生产模型的环节早已是轻车熟路、游刃有余。这些年来，无论是老师傅，还是新入职的生产研发人员，都是专业底子过硬的，产品细节把控牢靠。公司的市场部门也会定期给生产团队进行行业内最好的产品宣讲。就算是一块彩板的切割也能看出工匠精神。可是做公司、做集团化平台，在这个行业里创造出真正的价值，却是一条非常艰难的路。这条路更加值得我们披荆斩棘、值得我们努力。

管理公司的能力不是天生就有的，这是一天天修炼的结果。我们很多时候，都是在一步步的考验中成长发展起来的。面临的挫折，承受的压力，都是生命的体验，是我们每个人的一次次提升机会。这种机会在职业生涯里，很常见却稍纵即逝，不容易把握。机会总在你不经意间来到你的身边，你为此付出的那些努力，才决定你抓住它的概率。

在外滩环球中心的一次外场交流沙龙活动中，来自上海交大的老师语重心长地告诉我们，上帝有个时间银行，每天都会平均地给每个人固定发放时间，无论是富贵达人，还是普通百姓，谁的也不会多，谁的也不会少。上完课已经是半夜，回到公司，我打开课件，叫上了几位正在加班的同事，一起讨论如何利用时间。几位同事的感触类似，往往忙碌的时候觉得时间特别快，闲下来的时候反倒觉得时间过得很慢。如何好好利用这段空闲时间，是大家最需要一个指导的问题。为此，我把这个问题写下来，传到老师的邮箱，很快收到了老师的回复。老师的回复里有一句评语很精彩：忙碌的时候是在珍惜上帝的银行，闲暇的时候是在给这个银行续费。

这就需要我们高效地做好时间管理。在那段日子里，我们团队经常在一起讨论如何利用时间银行里的财富，把它的价值，放大到极致，发挥到极致。

要知道，每天的模型业务已经足够让我们忙活的了。比如外地一个客户急招去现场量尺寸沟通标书的细节，一秒钟不敢耽搁，带着工具，马不停蹄地赶过去。我们已经熟练于异地业务的内部协作：一线业务人员把现场情况报给公司，很快便能将成型的方案打印成册，贴好封条盖完章，快递给甲方。节约了时间成本的同时，更能把公司的效能发挥到最大。

地产行业本身就是资本高周转的典型，围绕它的所有行业和产业，都面临着各种业务形态和业务类型，还有许多没法预知的情况。连轴转是常有的状态，必须得打起十二分的精神来。一个优秀的职业经理人，他能力最直观的体现，就是效率。

我们每个人利用时间的过程是珍贵而重要的。人与人之间的差距往往在这个过程里慢慢地被拉大。总有人抱怨人生不平等，为什么都在努力却不如别人，是时候反思自己是否在过程中时刻保持了"更进一步"的状态。因为我们必须让自己跟上节奏，有效地制订计划，并在既定计划里，百分之百地完成每一个具体的事项。这时我才理解为什么老师说的，要去珍惜上帝的银行。珍惜的方式有很多种，有条不紊，是其中之一。

有同事会问我：王总，有时候工作时间这么紧，我们再去做工作安排和计划，会不会显得浪费时间呢？博恩·崔西说过："每拿出一分钟来制订计划，在行动中将会节省出相当于制定计划10倍以上的时间。所以，每天只要能够拿出10~20分钟来制订计划，我们就可以节约出两到三个小时的时间。"

我把这个关于时间的理论抄录在记事本的扉页上，并作为一条管理法则，指导着我们的工作，至今一直影响着我们。当我们没有计划的时候，所有的事情就会全部积压在自己的脑海里，不仅会占用我们的精力，还会消耗我们的耐心和能量。有科学研究表明，当我们把事情可视化之后，比如详细地记录在纸上，我们的大脑才能腾挪出更多的空间来想问题和存储数据。总结这段时间日课的经历，也能大大提升我们模型业务的开展效率。

有个很有趣的例子，比如我问你5乘以6等于多少，你会很快很容易地把答案告诉我。可是当我问你31乘以43是多少的时候，却怎么想也想不出来，只有动笔去计算，才能算出答案。这个小例子告诉了我们两个道理，第一是个人的行为习惯一旦养成，会很容易地通过它来指引着自己的工作，你会很快告诉我答案是30，这个数字在大脑里根本不用占据太多空间，也不用消耗每个人太多的能量。第二呢，当我们习惯于用计划来制定结果的时候，无论多难的算法题目，只要在能力范围之内，你一定能找得到答案。

也许是受到我的这个小例子的影响，很多同事们养成了无论到哪里，总会带一个便携记事本，及时记录所想所思以及工作计划的习惯。慢慢地，一路坚持下来，我们发现这样的习惯竟然已经开始成为公司的一种文化，一个行为准则。特别是到了每年上下半年几个月的房地产开发旺季，业务线同事同时要负责多个楼盘，为了确保不出错，也保证工作衔接过程中沟通交流顺畅，工作笔记一定要非常翔实。

2018年之后，生产部门面临的问题很多，成了我主抓的重中之重。业务量猛增，生产团队面对大量订单措手不及，加上配合采购、制作、设计等工作的衔接事务繁多，导致了那几个月我几乎每天晚上都泡在生产车间里。有时候，夜里拖着疲惫的身体回到家，突然又想起一个问题，赶紧从床上爬起来，驱车返回到车间，把生产团队叫过来，一起研究细节，生怕出现一丁点的失误。

很多客户和我们打了多年的交道，对我们的业务执行非常熟悉，基于对我们执行力的信任和产品的认可，成为很好的业务合作伙伴。对于一线的营销人员来说，卖楼花、卖图纸的时代一去不复返。体验式营销占据主流，沙盘在对内、对外进行效果展示方面，已经成为非常重要的销售工具。

不知不觉地，模型已经成为高周转销售物料的杰出代表。销售与体验完美结合，让我在这个时代里对我们这个行业，变得更加有信心。十几年前，房地产行业刚刚兴起，那会儿我还见过售楼处墙上蒙一张喷绘的鸟瞰图，置业顾问手拿打印的A4纸标准层卖房子。然而如今，工法展示、实景模拟、全息投影已经成为大多数品牌地产的标配。当然了，沙盘模型始终无法替代。也是在这个时候，我与团队开始思考，我们模型从业者如何从中脱颖而出，如何能够体现我们的价值，并且，最重要的是在约定的时间里，生产出令客户满意的产品，这才是公司生存的立根之本。

为此，我请教了很多优秀的地产职业经理人，也请教了很多做模型的老师傅，总结出一套行之有效的办法。我安排办公室买来一块黑板，把工作清单和计划清晰地写在黑板上。这张黑板上的内容每隔几个小时更新一次，业务量最多的时候甚至十几分钟更新一次。

我带着车间生产副总田凯，把所有的员工召集到黑板前。不厌其烦地梳理着各个项目的进度，细致到电线线路的排布、灯光的调节、每一块楼体的外立面颜色，甚至绿植的栽种位置、绿植的大小高矮。根据方案严格要求，落实总规的设计理念，结合地方行业政策，确保不出一点点差错。模型的基本要求是准确无误地还原真实的场景，而在我们团队研发的第五代产品里，场景体验化模拟已然成为我们新阶段追求的目标。

于是，一个关键词已经成为团队的隐形文化：忘却。正如开始着手写这本书的时候，我已经忘却了职业生涯到底经手过多少件沙盘，下一件沙盘永远是第一件。过去的成功仅仅是属于过去，明天才是我们一直努力追求的目标。往期的功劳簿仅仅是前进的路边遇见的一朵美丽的花朵、一位优秀的朋友、一位成长过程的老师，我们还是我们自己，并没有什么改变。唯一能够改变的，便是奋斗的过程。

就在我三十五岁生日前的几个月里，我突然发现自己变得喜欢回忆过去，并且把这些记录下来。发现好多原本可能忘记的事情，仿佛不存在过的事情，竟然历历在目。生日当天，妻子给我在网上订了孙燕姿上海演唱会的门票作为生日礼物，她一直是我很喜欢的歌手。座位在前排，离她仅有十来米远的距离。看着她在舞台上轻松地说着自己的生活，像是台下面对的全是她多年前的老友。盖不住的抬头纹，微微发胖的身材，有些生涩的走位，只不过歌声依旧是敏感又青春。2004年上海的街头，满大街是《遇见》和《绿光》。

很多时候，我们要做的往往是与往事和解，与未来轻声交谈。不会再在意别人怎么样看待自己，不至于很快被感动，不至于忘记贪婪地体验千万种生活。套用宫崎骏《千与千寻》的一句台词，送给十几年前的自己，"我只能送你到这里了，以后的路你要自己走，不要回头。"时间流逝的过程中，最值得珍惜纪念的，便是一句：未曾虚度。即便一天天成熟，一天天老去，一件非常重要的事就是，要改变自己看待这个世界的方式。这与认知相关，与梦想共存，人生最好的状态是自在自为。

上海筑榜公司的原址在曹安公路的旁边。这一片区域是我比较喜欢的。曾经在这里创造出无数件作品。搬到了新址之后，回家也经常能路过这里，心生感慨和许多不可名状的情绪。以前我喜欢邀请朋友来喝茶聊天，客户来这里参观的也很多。客户来参观或者有应酬接待的话，我就没办法做其他想做的事情。比如读书，或者打开投影，看一段李安、王家卫的电影，听两首孙燕姿的歌，甚至闭目养神。当时间被切得很碎的时候，找到最稳定的那段时间，哪怕只有十分钟，也是很好的。从年初我打算写这本书开始，每天零零碎碎的工作几乎让我抓狂。老杨鼓励宽慰我：既然做不到用大把固定的时间去完成，那么利用零碎的时间也是一种不错体验呀。

即使是最忙碌的时候，也得去上课充实自己，毕竟越忙碌，越要冷静下来思考。在老师的课程中，我学到了很多优秀的管理经验。如何充分利用时间提高工作效率，我从老师的课程里学来一招：把管理权力下放到一线。对于公司的负责人来说，人是最难管理的，你永远无法知道别人真正的想法，人员管理总是需要事无巨细地去沟通。

哪怕只是用于临时的城市展厅或者大卖场的短期销售展示的10平方米的沙盘，所要涉及的工作面和工作量与200平方米的沙盘也几乎没有任何差别。每一笔业务的背后，都有着一群信任我们的客户、合作伙伴与供应商团队。同时这也是我们设计团队、研发团队与生产团队努力的结晶。我很看重这些，因为这是创业过程中最美好的东西。

一次，南京的一家城市规划设计院希望我们能给他们做件不到一平方米的微型沙盘，要涵盖某校场整个板块的初始规划。他们可能觉得一周时间就能搞定。我向客户解释，说这个的工作量与大沙盘其实是一样的，甚至因为要用到的细小物料，很难在市场上找到成品，只能依靠手工制作，工作量反而会更大。

最后，即使这次时间紧任务重，我们也在客户约定的时间内完成了沙盘的制作。当我亲自驱车把微型沙盘送到南京给客户看了之后，客户目瞪口呆。原本以为很简单的工作业务，看了之后才发现比他们想象的复杂许多。微小如毛细血管的灯管管线，精巧的开关布置，每个区域的色差对比，都最大限度地还原了效果图。并且，在他们提供的材料的基础之上，还进行了真实场景的模拟。客户不禁笑着跟我说："王总，我们下的工作单子可没让你们做得这么真实啊！"

对我们来说，这家规划设计院背后的资源是非常重要且难得的。毕竟，未来五年内在这块区域有大小一百余个地产项目，都来自某校场出让的规划地块，定位则大都是品牌地产商开发的高端优质产品。作为模型行业，接触到区域整体规划的机会并不算多，而且大多数标的额度偏小。因此，与这家设计院的合作极有可能为我们打开一个巨大的资源库。所以我力排众议，要将这个微型沙盘的工作量增加到远超客户下单的量，把这次合作超标超质量完成好，做到极致。

同时这一次的业务经验也给了我巨大的启发。此后我们专门成立了1~2人制的业务线小组，没有领导，只有同事只有队友。后来试过很多次，这样的合作小组效能非常高。

美国海豹突击队提出过"泳伴"概念：每个队员都要各自

己的亲密伙伴，队员之间要一起生活、一起训练、一起战斗，游泳也要在一起，所以被称作"泳伴"。不仅是为了培养团队精神，更要打造一种互信的氛围。谁如果一个人行动，比如单独吃饭，那么两个人都要受到惩罚。有了共同目标的他们才能有卓越战斗力，才能完成非常重要的任务。这样一种终生成长的"泳伴"管理法则非常适用于我们的生产团队。整个生产一条线，必须紧密合作，亲密无间。既要做到相互信任，又要理解联合行动的重要意义。

发展的成功在于人才，发展的瓶颈也在于人才。短期内面临人才空缺，更要利用好现有的优秀人才，使其能量最大化。这为我们今后创业并且迅速地打开全国市场，奠定了很好的理论基础。无论是率先成立的郑州公司，还是紧接着成立的南昌公司、广州公司，以及接下来要全面布局的成都公司、西安公司、北京公司与长春公司，我们都会组建小型和中型突击团队，将所负责的区域，快速打开，逐个击破。这样的突击团队，全员赋能，泳伴之间商议决定即可。这样一种管理手段非常适合我们当下的状况。

小组式的管理层，小组式的业务拓展线，已经成为新公司发展的模板。受疫情和行业不确定性的影响，2020年年底成立的广州公司，一开始在业务拓展上就遇到了瓶颈。经过多次前往广东调研，并与当地的初创团队接洽，我们找到了突破口，就是为每条线的同事找到适合自己的泳伴，并决定把郑州的郭总调到广州与负责人搭班子，两人在性格、能力和沟通等方面，非常互补。

接着增加了各条线的骨干力量，有从上海总公司调派的，也有在当地新招的，以小组来发展。结果，第二个月，广州公司就已经超额完成了月度指标。为将来辐射福建区域、广西区域打下了坚实的基础。

因为疫情，为了更加方便沟通，我和几家分公司的管理层经常通过视频会议交流心得。对于团队里每个人来说，自己的路，要自己去摸索、去走，学会自己体验。俗话说，人在旅途，路在脚下。人从一出生开始，就已经跟这个世界紧密相连，选择怎么样的一种生活，选择用什么方式去生活，对我们来说是至关重要的。这关系到我们每个人的命运与追求。

在一次课程研讨会中，老师问及我的学历。这要是放在以前，我是难以启齿的。我没有拿得出手的学历，也没有耀眼的履历。读大专学的专业也是很冷门的园林景观设计。但是后来在这个强手如林行业，与优秀的同仁们在一起，我逼着自己像一块干燥的海绵一样，汲取知识和经验，向别人学习。我在社会这个大学里学到了很多。

创造、体验与接受，积极乐观地索求生命的意义。人之所以不喜欢现在的自己，很大程度上是因为现在的自己与理想中的自己相差甚远。在入行之初，我并没有过多的想法，只是想着先找到一个与自己学业稍微搭得上边的工作，先养活自己。有机会再学个手艺，不至于身无一技之长。刚来上海的时候也有一些所谓的理想，但自从我打破了内心的各种幻想后，我就变得更加脚踏实地，也更加热爱每一天的生活，珍惜每天奋斗的过程。于是我反而开始喜欢上了每一个时刻的自己。

我们不用在四十岁的年纪，去悔恨二十岁时候的决定，我们不能站在现在的高度，去批判当年的自己，这是不公平的。如果人生重新来一次，以当时的心智和阅历，会做出同样的选择。

有一次，我把这段感想分享给一起创业路上走过来的伙伴们，以及公司的各个层级的同事。我告诉他们，要努力地喜欢自己，包括过去、现在和未来。这并不是心灵鸡汤，而是在经历了一次次挫折与小成功的累积之后，内心里最真实的想法。

每个人都有承受压力的极限，要在这个过程中，学着去接受不太完美的自己，学着借助别人的力量，让生活变得更加轻松和快乐，把时间、精力和热情留给那些我们擅长又绝对可以做好的事情，这才是成熟的我们人生中最重要的事。

武志红先生写到过人生的六个定律。其中一个便是：成为自己。这句话很多人，也包括我，听得耳朵长了老茧。都在说人生的根本动力是成为自己，而我认为重要的是成为怎样的自己。是成为理想中的自己，还是成为真实的自己？每个人的答案不尽相同。如读书一样，年轻的时候以为不读书不足以了解人生，直到后来才发现，如果不了解人生，是读不懂一些书的。

罗杰斯认为，"自己"是一个人所有生命体验的总和。这句总结说得很有哲理。譬如，我写这本书也是希望在总结职业生涯的过程中，找到真正的自己，而这个自己就是原来是阶段生命体验的总和。无论是成功，还是失败，无论是挫折还是历练，它们都是生命中的一部分，只要是我的体验，就一定有意义。因为灵魂所必需的东西，是不需要用钱来购买的。

假如生命的体验，是被动参与或者受他人意志的支配，那我们就没有在做自己。你只有选择过你才存在，你如果总是被选择，那可能就从来没有存在过。《中国合伙人》里有一句很经典的台词：所有的成功者，都是不约而同符合了这个时代的需要。选择做好自己，才是精彩人生的开始。于是，我从创业之初，就担负起公司业务与生产的重任。在这个过程中才发现，体验自己没有体验过的人生是多么美妙的一件事情。

2015年年初，北方一家产业地产公司扩张的速度，让所有业内人士目瞪口呆。一时间，国内很多一、二线城市的城郊地区都有大片区域被纳入规划圈，令人瞠目结舌。要知道，这种"PPP类"项目，在国内属于创新型地产产品。它涵盖的不仅仅是住宅开发的房地产，更是以产业新城的模式，把能够涉及的各行各业的配套全部纳入其中。北上广深的模型公司也纷纷跟进，以期与之合作。

当时我把公司业务能力最强的几个经理叫到办公室，讨论如何与这家产业地产公司达成合作，并且做出一个漂亮的模板，做出一个标准，积累今后拓展此类项目的重要经验。为此，我们找到了上海交大一位专门研究国内小镇模式和产业新城模式的专家，将其请到公司给我们讲解了这种新型地产模式未来发展前景。同时把营销人员派到各地，深入考察PPP类项目和国内超级大盘，比如广州凤凰城、杭州良渚文化村、贵阳的花果园和未来方舟。

短时间内，我们的团队积累了丰富的项目经验。从拿地到规划，从营销到推广，每一个环节都形成了一套我们自己的简案。虽然这些工作从表面上看与模型业务的联系并不大，但是从长远发展来看，成为品牌地产的优质智囊是我们最终的追求。

最后，我们首批的概念方案提交上去便深深地打动了甲方。尤其是我们提出来很多创新性想法。比如，产业新城项目除了引入产业之外，更要结合当地的实际情况，以电子商务为切入口，拉动地方内需与劳务人口流入。

开标之后，这家公司的区域总经理给我们团队这样一段评语，我印象非常深刻："原以为你们仅仅是一家立足于沙盘模型制作的公司，而我从来没有见过这样的一家公司从全局出发来给甲方提建议。"

这是对我们团队至高的评价，在这之后的几年，只要是我们团队跟进的项目，我都会要求大家深刻地去了解这个项目，理解这个项目，并且能够在沙盘的创作过程中，创造出令人眼前一亮的点子。有了这个目标，我们就不仅仅局限在简单的业务达成上面，而是参与到整个房地产开发产业链之中。

第三章

无限游戏的艺术玩家

去年年中，南京一个朋友给我推荐了一本书：《有限游戏与无限游戏》。我花了一个晚上的时间看完，第二天就迫不及待地分享给公司的所有员工，要求每个人通读并写下自己的感悟。

这本书有些晦涩，很难读懂。我也是先在网上看了一些书评之后，才敢下决心读下去。据说，只要能有一句话打动你，这本书便有存在的意义了。我的父亲曾经给我说过这样一段话：很多事情，一旦有了界限，做起来就会越来越乏味，比如一份稳定的事业单位工作，一个可以一眼看到头的人生。

而在"无限的游戏"中，没有人会眷顾我们，我们每个人都在孤独地完成我们的行程，我相信这才是无限游戏的真正意义。其实，人生的有限游戏与无限游戏的区别，无非是结果与过程的区别，你注重结果，就是在玩有限的游戏，你享受这个过程，就是在体验无限游戏的可能。

回头想想，我的职业生涯何尝不是一次无限游戏。对这个细分市场来说，做大、做强、做出品牌，需要我们将自己的天花板发展出无限的可能。对于跟随我多年的管理团队、生产团队以及后勤保障队伍来说，这都是一次非常有意义的挑战。在职业生涯规划之中，不必拘泥于结果的成败，在好的结果还没有来临之前，用心体验，把过程做到极致，也许也非常不错。而如何享受这个过程，就看你的认知了。

我将这个过程当成一门艺术，一门与沙盘有关的艺术。有同事统计过，沙盘模型有超过百分之五十的部分是手工打造的。很多细部无法用机器来完成，比如绿植、灯管安装，全靠细微操作，只能由生产同事来用手工完成。有的同事十多年如一日，专门制作几厘米高的绿植，要尽量做到与规划方案的缩小比例没有一丝一毫的差别。对于我们来说，这门艺术便是一种对事业执着的无限游戏。这种深刻又充满活力的传达，如同艺术一般也变得非常有意义。沙盘艺术是一种去身体化的艺术，整个创作过程虽然是一个身体的行动，但沙盘带来的更多的却是意识的极致体验：身临其境、如履随行。

公司内部有个不成文的规定：每隔两周，发挥自己的创意，做出一款自己喜欢的沙盘或者是给出一套沙盘的简案，比如日式的枯山水、中式的一池三山、法式的古典建筑等等。我平时在完成公司的业务之后，也会抽出一部分精力去做一些"额外行动"，比如关注自己做出来的创意作品，摄影，或者去某个小众景点来一次"暴走"。

在这些过程中去理解环境与自然的和谐，思考用沙盘模型如何进行表达。反思并且修正自己脑海中的创作理念。上海当代艺术馆、刘海粟美术馆和上海美术馆等，几乎被我跑遍了。以至于朋友都打趣我：一个做模型的工人怎么开始研究艺术了？这种"额外行动"，给我们的创作带来了无限的灵感，以及丰富的艺术表达。毕竟优秀模型公司的优势来自对产品的认真解读。

我和我的团队在公司刚刚成立那会儿，一穷二白。一没资源，二没有成熟的团队，一切都得从零开始。以前的客户得知我开始创业，纷纷询问情况：是否需要业务的帮助、资金的帮助，是否需要帮忙搭建新的业务渠道关系。我却把大部分靠之前的关系主动上门的业务，引荐给了前东家。同时脚踏实地地组建业务公关团队，搭建属于我们自己的新的业务渠道。

经过半年的辛苦和努力，我们的业务量稳步增加，团队也开始稳定地成长。在不知不觉之中，我们也触碰到了一个又一个机遇。其中一段最值得写进公司发展史的，是公司花了很长时间与国内地产品牌企业建立了资源库合作关系。这为公司带来了源源不断的业务流量，也提供了极大的便利。

职业生涯的时间是有限的，然而我们要做的许多有意义的事情却是无限的，这是我们的行事法则，更是人生追求的最有意义的模式。

那段时间，我又读到一本书，《混乱》。这让我有了新的认知。书里提到，假如让我们不借助任何工具找到一个星球上最高的点，要怎么办？最好的办法是随机找一个点，然后以此为中心，找到十公里内最高的点，以此类推。这十公里其实代表着每个人的认知，随着自己的认知逐渐增加，不停地在自己的范围内找到最高点，然后借助最高点，搜索到更高的地方。

这个案例给了我们很大的启发。尤其在公司刚刚开展业务的那几年，找到认知范围内的最高点，成了我们的奋斗目标。一方面寻求外部突破，找到产品的发展方向，一方面从内部破局，接受混乱提高创造力。

2015年前后，房地产行业开始新一轮井喷式发展，国内地产前五十强中的绝大部分公司，都开始加快在全国的扩张速度。越来越多的品牌地产公司进驻到一线、二线，甚至一些县级城市中。一些原本只是地方性的品牌的公司，也开始做起了全国性连锁型房地产。同时，所有的供应商都在紧锣密鼓地加入资源库中的工作中，寻求更为便捷的合作机会。

我预感到这是一个全新的时代：一方面随着科技的发展，人力资源向精细化迈进，另一方面行业的目标向大团队合作聚焦。于是，在当年的年中总结会议上，我们听取了各方的汇报意见，认真分析了行业内的竞争态势，开始着手把重心转移到加入地产公司资源库的工作之中。

这项工作要求很高，存在各种资质、条件、细则、案例的限制。每家地产公司的要求很多时候还不一样，以至于和每家公司的对接工作，都需要从零开始，要重新去梳理跟每一位集团公司对接人的关系。有同行劝我趁这个时候把重心放在业务拓展上，先养活公司再行其他。但我深知此次机会是事关公司未来十年甚至二十年发展的重大机遇，不能将其丢弃。要趁机快速进入地产公司合作商的名录之中，成为可以参与报价、提案、参观考察的重要一员。这样，将来我们拓展时就可以避免一些重复的工作，同时也能为公司市场部门提供更多有效的行业信息。

当团队紧锣密鼓地在为资源库进入忙碌的时候，我带着两名业务团队同事，去了一趟青海，除了忙些业务上的琐事之外，抽空去了一趟德令哈，这次行走，让我对稀缺资源的占领，有了独到的认知。

我和同事来到位于德令哈市中心的海子诗歌陈列馆。碧绿的巴音河从它的门前流过。这里人来人往，一位中年妈妈对她的儿子说，要多读诗，诗歌中有着让人涤荡灵魂的东西。在当地的新华书店，看到一本关于戈壁滩的散文集，上面有这样一句话：德令哈安静又空旷，街道宽阔，时常肆意地刮着风，呼呼作响。

我一直想自己亲手做一个关于德令哈城市的沙盘模型，作为属于自己的神圣的物品，摆放在办公室的一侧。我喜欢这里的感觉，一种孤独、安静，与世俗毫无关联的样子。

在回来的飞机上，看着窗外被大雪覆盖的祁连山脉，在手机里写下了一段话：总有孤寂的日子，总有孤独的日子，总有幸福的日子，然后再度孤独。这显然是创业的写照，无数次成功与挫折的更迭。从西宁到茶卡，再去德令哈，一路乘坐着绿皮火车，有限的时间里，想着无限的事情。

我向很多朋友推荐过这里，蓝天纯净，道路安静，温柔的巴音河，坚硬的城市，所有的一切都会让你慕名而来，然后陷入沉思。目之所及是贫瘠的大地，只有灰白两种颜色，枯草、黄土，结冰了的海一样的河流，煞白的雪景，浅浅地覆盖着这一片美丽的土地。几百里路程的绿皮火车上，风景从未改变。一路的尘嚣纷繁，终归于生命的美好。这一次，我们比谁都勇敢。生命的空寂与感召，长久萦绕，永不消散。

经过一年多的努力，我们成功地加入了上百家地产公司集团资源库，同时，我们也建立了属于自己的资源库，很多模型制作的下游供应商以及很多优质的设计单位也与我们达成了战略合作。我把这一段经历，当做筑榜乃至我人生第一段修炼的基础，这需要燃烧的激情，需要对梦想的坚持和对工作的热爱和执着。

在德令哈一家汉服租赁店听到一个故事：有这么一群年轻人，用了十几年的时间，复原了几百套汉服，从最初的汉服兴趣小组，一直到做得比专家还专业，从国内火到国外，让中国文化惊艳了世界。他们就是著名的汉服复原小组。一开始，没有人认可他们，他们也没有任何的知名度，几位创始人甚至每天都要为吃饭而发愁。即便是这样，也如工匠般虔诚地，一针一针地还原着古人的衣着。慢慢地，他们的故事被越来越多的人知道。随着汉服文化在全国的风靡，各地景点也总会开有汉服租赁的门店。

这个故事，深深地打动着我。我们也希望自己能写下动人的故事，说给所有人听。世界上最令人向往的东西，往往一定是忠于内心的。对事业的执着、对美好事物的极致追求，是创业者最让人动容的品质。

次年的下半年，浙江某地级市一家小型房企开始飞速发展，以迅雷不及掩耳之势，从一家不知名的地方小企业，成为几乎铺遍了全国各地的连锁性企业。高端的建筑设计风格，高效的开发模式，高周转的行业运作，都使之快速成为业内的标杆。

得到这家公司的市场情报之后，我快速安排公司精干的业务人员，一起商讨如何快速地切入。首先面临的难题是这家公司是一匹黑马，关于它的资料信息少之又少，加上其营销人员大多属于内部提拔，也很难通过圈层关系取得联系。况且，他们的产品设计除了综合多家高端住宅开发之外，还结合各地不一样的生活习惯，在每个区域都极具行业竞争力。此类产品，短期内很难被模仿。

我们是做沙盘模型产品起家，深知产品对于房企来说是至关重要的。我亲自带领团队，跑了许多城市，对这家公司的产品进行深入研究，发现他们不同维度的城市公司项目，规划的品类各有千秋。就连灌木、草丛、高大绿植，不管是从人体工学还是节能标准，都能看出是非常用心的。我当时就有一种预感，这家房企的规模扩张模式、产品复制模式，将会引领很多中小型地方房企的发展。国内基层房企的扩张，除了高周转的资金介入，高精尖工程营销成本等团队组建，是很难在短期内达到这样的高度的。

接下来的半年时间里，我们与这家房企达成了多次合作。注意挖掘筑榜模型可以参考学习的模式，借鉴学习其严谨的思维方式和规范的工作方法。正如我在德令哈目之所及的空灵与静谧，雨水中，我们所关心的每件事的样子，都能在与这家公司的合作过程中，找到底层逻辑里最真实的东西。譬如，个性与独到，用心与虔诚，这些都是房地产这个行业里难能可贵的东西，犹如一股清流，影响着所有人。

我一直坚信，每一座城市都有着能够代表它的一种色彩。这种色彩取决于它的建筑风格、人文情怀，对于不同的人来说，也可以取决于心情。在我职业生涯里的五千个沙盘分布在不同的城市，一部分记忆已经模糊了，但依然可以用曾经做过模型来解读那个城市。回来之后，我把西宁和德令哈记录在本子上，这是我职业生涯里非常重要且真实的一次体验。在一场无限的游戏里，永远不会知道下一座城市在哪里，下一部作品会落在城市的哪个角落。

我路过很多城市，都只是匆匆一瞥，来不及走进它，更不要说去了解它。如果将来有机会的话，我想我一定要再走一遍曾经服务过的城市，只凭着记忆去看一看已经有人入住的小区、开业的商场、人声鼎沸的写字楼……我偶尔路过曾经制作过沙盘的小区，眼泪就会溢出来。这些当年在我手里每一个细节都细抠过的小世界，如今已经真实地存在了。每楼栋的位置和细节，哪怕是绿植位置和分布，都让我觉得那么熟悉。我想，我那个时候一定会拍张照片，与之合个影，当做完成一个又一个当初给自己的承诺。

公司的同事也很喜欢我用无限游戏定义我们从事的行业。要跑客户、要安装，出差是难免的，但他们不需要太多时间便能很快适应任何一个城市。一开始也会遇到困难，或者有心理落差，新入职员工也可能会因此焦虑、无所适从。但该经历的事情一件也不应该落下，该走的路一步也不能少。捷径是懒惰者的口头禅，披荆斩棘才是人生的关键词。

我想起一首诗：一片树林里分出两条路——而我选择了人迹更少的一条，从此决定了我一生的道路。为了让公司的同事更加理解这首诗的意义，我专门把他们召集起来，带着他们看了一遍《阿甘正传》。电影里的阿甘，在无所适从的阶段，他的方法是"Just run and keep running"。只管跑就是了，只管迈开双腿就对了。有时候，人迹罕至的道路，才是自己应该走的。要遵从自己内心的想法，不为旁物所动。应该像阿甘一样跑下去，直至找到最适合自己的状态。如果有一天，我们不再追求空泛的生活，开始修炼自己的性情，我们的人生才会真正开始。

我们要明确地感受自己的情绪和状态，接受并能够适时地调整。在这一场无限的游戏里克服艰难的时刻，我经常与南京的好兄弟凯瑞进行交流，他的思考方式给了我很多启发。他说过一句话："状态低落的时候就像是人站在冰面上，不管做什么，首先都得先稳住。调整好心绪才能去做接下来的事情。"每次当我和团队需要调整状态的时候，就会想到这句话。在与朋友的交流中，我们总能学到新的知识，改变自己的认知，更新自己的世界观。

在整个现代文明进化中，不知不觉，我们竟然成了世界历史上规模最大的城市化进程的参与者。正是这种定位，让我们所有的世界观有了前所未有的改变。原本，我们仅仅是地产行业的服务商，但现在我们需要向世人展示与介绍我们心中的世界。

在我们明白了着手可以改变世界的前提之下，与其理解世界，不如先改变自己。在公司的企业文化中有一条，个体价值的崛起，是我们产生价值共生的行为基础。我们不否定个体意识觉醒与崛起的时代已经到来，每个人都可以成为一个品牌，每个人都可以经营着属于自己的IP。

　　从西宁回到公司之后的几天，偶尔冲一杯咖啡，看一下窗外，沉淀一下心情。思考的快与慢，并不影响着自己做的事情。其实，我们不用急着去改变这个世界，因为这个世界一直在改变，我们要改变的，是我们自己。

　　对于"如何在这个世界里，不输给自己的情绪，努力保持自己内心的状态"，很多人都有自己独到的理论。事实上，每个人只有改变自己的认知，才能被别人去改变。这种勇气与原动力，在持续一段时间的坚持之后，便能明显发现自己改变之后的样子，对万事万物的好奇和无所畏惧，成为梦想中的自己，成为无限游戏的真正玩家。

　　在公司的管理日课中，我经常与同事们探讨心得，安装完每件模型产品之后，也会带着他们及时复盘，而这也逐渐成为公司一项企业文化。这种不懈的努力，往往会成为公司与团队成长的基石。在很多人看来，成长是一件非常痛苦的事情，但是，"当你感觉累的时候，说明你在向上爬坡"。

　　在一次行业研讨会中，我跟几位曾经的同事，讲了这样一个道理：你看到的那些已经在半山腰的人，他们起步时的艰辛是没有人能够真正看到的。就像毛竹一样，在快速生长之前，就算人们花几年时间精心照顾，毛竹也只能长高三厘米，以至于很多人会觉得花这么长时间没有成效简直是浪费时间与精力。可是事实上，毛竹的根系却在地下绵延了几百米，而也许从第五年开始，它就可以在六周的时间里，长到十五米的高度。有时候就像毛竹，你并不是没有成长，而只是在扎根。

最近两年的直播带货很火，淘宝女王薇娅几乎一夜成名，赚得盆满钵满。很多人觉得直播的门槛很低，也纷纷效仿起来，但是成功者却寥寥无几。互联网行业创业，与我们这个行业，在某些方面是类似的。打造个人品牌的同时与大平台相结合，其中的契合度是背后无数次锤炼才形成的。很多人都看不到薇娅在成名之前，花了多长时间去积累自己、提高自己，耗费了多少精力去学习、去尝试。她每天仅仅休息几个小时，练习讲解和直播技巧，练习表情和神态，小到一类商品的选品，都要花费很长的时间去研究。

不知道从什么时候开始，我逐渐养成了读书的习惯，并且希望用这种习惯潜移默化地改变影响身边的人。和团队在一起的时候，我们经常会讨论到"格物致知"的观点，对事物的认知，往往来自积累，只有多读书、多学习，与高效能的伙伴在一起，才能真正提高自己，才能在这一场无限游戏的过程中，成为最后那个赢家。

第四章

沙漠与海洋，道路与梦想

2014年夏天，公司接到一笔单子，是一个位于阿联酋迪拜的酒店下的订单，诉求是做一套给世界各地来访的客人参观的沙盘。领导在网上联系到我们，也带着相关资料和报价来到上海。经过一系列的考察、洽谈，最终签订了合同。我们当即着手动工，并在很短的时间内，完成了整套沙盘的设计和制作。一个月之后，我决定带着团队，亲自去现场安装。公司英语人才不多，能和客户聊上几句的少之又少，我也只是会一点。于是买来一本英语口语书，借着上学时候的一些基础，忙里偷闲，在办公室里开始自学。

第一次坐国际长途飞机，除去旅途上的不适应，也有去往一个陌生的国家的紧张和不安。直到下飞机被热浪包裹，毒辣的阳光让我一瞬间变得莫名兴奋。十二月到三月正是阿联酋的黄金旅游旺季，柔软的风、高强紫外线的阳光、棕榈树、火辣的衣着都呈现出异域风情，让人心情一下子明朗起来。

过安检的时候发生了一个小插曲。我的胃一直不太好，随身携带黄色小药丸。因为需要长期服用，我就随意地用小矿泉水瓶装上，放在行李箱里。去卫生间的时候顺手打开行李箱，拿出药丸就着矿泉水咽下去一颗。这时，两位身着制服人高马大、脸黑乎乎的警官，在我身边叽里咕噜说了一大通。我虽然一句也没能听懂，但看他们的表情可以猜到，我应该是遇到麻烦了。

我被带进一个封闭的房间，所有的行李包括护照、身份证和手机都被扣留。而我当时还没来得及换成迪拜当地的手机卡，所以也没办法联系任何人。只见他们把那瓶黄色药丸倒在桌上，一粒粒敲开，反复研究。我这才明白他们是把我当成携带毒品的毒贩了。我用夹杂着英语的中文，一边用手势比画，试图告诉他们这只是胃药，但是语言障碍太大，不管我怎么说他们也不信。幸好航空警署里一位中方的工作人员过来，才把误会给解释清楚。

这位工作人员姓覃，也来自上海，他得知我也来自上海之后，便和我聊了起来，并带我办理了当地的电话卡，把自己的电话留给了我。我告诉他我计划在迪拜待半个月左右的时间。他热情地跟我说："等你安顿下来就给我打电话，有机会请你吃饭，给你压压惊。"

客户在机场等了我很久，通过翻译，我好不容易才解释了刚才发生的插曲。头戴白色头巾的客户听了之后哈哈大笑。在迪拜一定要做的事情，是买一双阿拉伯风情的鞋子。客户很用心，买了好几双，让我挑选，还送了我一条金闪闪的围巾。当得知我是第一次来迪拜，便安排人带我乘坐了地铁，感受一下这里的生活。地铁里的商贩很热情，大多来自巴基斯坦、阿曼、伊朗等中东地区。中国人在这里并不多，很少能见到，所以当他们看到来自东方的面孔，总会热情地用蹩脚的中文问候：你好。这里的人，非常有表达欲，大部分人都会主动跟你聊天，当然也是为了推销东西。

到了傍晚，客户方派了一个人陪我坐船。吹着海风，不远处海鸥成群结队，远方的寺庙里传来诵经声。迪拜河分开了老城区和新城区，一边是国际化的顶尖大厦，一边是市井街巷，让人感觉既奇妙又玄幻。

我去过很多地方，对城市的记忆，最后都会停留在视觉与味觉上。我很愿意去尝试各地的美食，哪怕是一些奇奇怪怪的东西。这些都会成为代表这个城市的味道，深深烙印在我心里。从事模型这个行业最大的收获可能就是这个了。既是工作，又是旅行。感受不同城市的风情，创造能最大限度贴近这个城市的模型作品。

第三天，我们的会议安排在迪拜的沙漠酒店。空运的沙盘模型按时到达，满满十五只大箱子，细小的铆钉，最短规格的线阻，凡是一切可能会用到的零部件材料，均用记忆海绵按压包裹着。一起来的还有两名公司的安装人员。这种细致和完善的程度让对接的客户朋友感到非常诧异，所有人都惊呆了，不停地给我们竖大拇指。

沙漠酒店环境很好，洁白的云团和高大的棕榈树，天空、海水与沙漠交汇。在这里可以吹着海风晒太阳。现场的气氛也非常好，有泳池派对、烤肉、西亚风情DJ，所有人载歌载舞。中东人的生活方式很洒脱，很会放松和享受生活。被擦得一尘不染的宽阔玻璃，在光影的调和之下，这里变成了一幅诗意、圣洁的画作。

我给覃哥打了电话，把地址发给了他，他很快开车来接我，并且还带了两位来自中国的朋友。覃哥开着商务车，车厢里令人舒适的阵阵冷气，成了睡眠欲望的同谋，让我越发感到昏沉，我依靠在被灼得发烫的玻璃上，仿佛一只慵懒休息的动物园小兽。

在半梦半醒的状态里，手机悄然从手掌滑落，金属与坚硬地板亲密接触的声音，将我吵醒。我缓缓地睁开眼睛，恍惚觉得这次短暂的商务旅行，如同弥漫在天空中的沙尘一般。我很久没有身处这样一座城市，棕榈树点缀之下是热带的浪漫与温柔的属性。覃哥和两位朋友带着我穿梭过一条条小巷子，炙热的空气下，古旧的积淀一扫而空。幸好随身带着单反，把这路上的一切，拍摄下来。

我们在一家精致的画廊外面停下了脚步。走进去一看，内部是一个方形庭院，中间是下沉的木质桌椅，供游客在柜台里吃冷饮、聊天休憩。四角的房间里，紧凑地摆放着各种极具异域风情的艺术品。靠近墙壁还挂满了各种小幅的画作，让狭小阴暗的空间也富有生机。覃哥拨开厚重的半透明帘子，一股舒适的海风吹进来，吹进所有人心里。

覃哥的两位朋友，其中一位是来自江西的开发商，得知我来，就非要让我带他去工作现场看看。第一次在海外国家安装沙盘模型，我既兴奋又紧张。这里新奇的文化、东西方的交融与碰撞，还有西亚人严谨的工作作风，都深深地打动我。我告诉他们我们已经把能够用到的工具、五金材料全部考虑到并且都备齐了。但后来临走的时候才知道，这些东西他们同样也都全部考虑到了，甚至准备得比我们还齐全。这样细致严谨的合作让原本计划的安装时间整整缩减了三分之一。

后来我经常把这段经历讲给同事们听。告诉他们做好服务是我们的目标，做好服务就是用心把能考虑到的事情都考虑到。对于每单业务，我都会带着虔诚与敬畏的心去看待。我甚至将每一次与客户的沟通与接触，当做职业生涯中的修炼过程。我相信积淀，也相信风雨过后会有彩虹。没有任何人做一件事情可以永远优秀，但是努力和天赋是相辅相成的。

这次迪拜之行的另一个意外收获就是认识了江西这位年轻的地产开发商老板。这为我们后来在江西拿下一个个优质业务提供了很大的便利。江西市场的份额每年都占整个集团的三分之一左右，和中原市场一样已经成为集团的左膀右臂。而能够打开江西区域的契机，就是这次阿联酋之行。很多时候，我们费尽力气去融入一个圈子，为了打开一个平台努力公关，都不如把同样的精力花在做实事上。事情做好了，自然会有人发现你、认可你。

晚上，覃哥和他的几位朋友带我去了一家当地餐馆品尝特色美食。迪拜的公路上，交通灯很少，开车必须得左右观察，对当地人来说没什么，但是覃哥开车的时候就像极了一位打通关游戏的角色。我笑着说，这里的生活真像是一场冒险。"或许生活本来也是。"覃哥笑着说。

临近傍晚，广场上依旧热浪逼人。我们到了一家看起来其貌不扬的西亚餐厅，在仅有的一张空桌旁坐了下来。开胃的咖喱套餐，让我好几天以来的半饥饿的状态得以平复。我们聊起了各自的一些经历，分享自己的故事。我把我做模型这些年的酸甜苦辣讲给几位朋友听，江西的这位开发商朋友，听得尤为认真。他告诉我他没有想到沙盘模型竟然也需要这么专业的知识。

接下来的几年，我们的业务几乎扩展到了全球。有一次来自蒙古一家艺术馆的负责人联系上我们，说需要设计制作体现草原变迁的沙盘模型。他们派了一群人来公司考察，最后与我们达成合作。几位身高超过一米九的蒙古大汉，惊叹于我们的行业细分的程度，并极力邀请我们前往他们国家开设分公司。

迪拜的这家酒店也是用沙盘模型来为客户做直观展示的，他们对待这个产品的用心程度远远超出我的想象。在上海的公司的生产车间，几位阿联酋客户方代表几乎住在了车间里，事无巨细地对接每一项任务。甚至连模型内部一个微小的床品陈设和材质色调，都要经过多方采购和几次的搭配。

很多时候合作的过程也是一个双方相互学习的过程。我们欢迎每个人或者每个团队带给我们那些平时无法遇到的认知。思维指导着我们的行动，如何抛开纷繁芜杂，快速地找到解决问题的钥匙，是我们毕生要去努力的。

齐宏先生在《高效思考》中总结说过，一个人懂不懂得运用自己的头脑去思考，决定了他有没有解决问题的能力。比如，刚开始的时候，我们很担心阿联酋这一单业务难做，毕竟工作内容复杂，当地的各项规定和标准，还得花很长时间才能吃透。设想过很多可能发生的麻烦和困难。但是有时候，这些过度考虑这些尚未发生的事情，其实是给自己罩上了紧箍。古人语：车到山前必有路。要相信，只要肯思考，方法总比困难多，一定能够找到解决问题的办法和方案。

给公司生产部门开会的时候，经常会有同事跟我聊起这次迪拜酒店的业务。迪拜合作方对细节的把控，用心做好每一件事情的态度，以及对这个行业的敬畏都深深影响着我们。我们每个人都在谈论梦想与希望照进现实的样子，每个人都有过成功，有过挫败，支撑着我们坚持下去的，就是对这个行业的热爱。

还记得那句话，江湖，望你一生热爱，永远年少。以为只有靠努力就可以无所不能的少年时代，应该有的一种傲慢。也许，当我们不仅仅是因为喜欢而认真起来，而是认真起来，说不定就喜欢上了。循规蹈矩和与信仰携手同行，并不矛盾，譬如沙漠与海洋，道路与梦想。

很多人生活过得不愉快，大部分的原因，是来自自己根本不热爱自己选择的东西，羡慕别人的热爱与认真。当人们对一件事物的喜爱是发自内心，当这样的喜爱达到一定程度时，上天自然会将我们的命运一步步地安排起来。

在这个世界里，保持单纯的理想主义是很难的，毕竟我们得与这个世界和谐相处，与所有正确的力量通力合作。在这座沙漠国家处理完所有的事情之后，和一些刚刚认识的朋友道别。在从迪拜回上海的飞机上，我的内心没有了刚来时的不安与紧张，变得异常平静。

第五章

不拘一格情感账户

去年和一位朋友聊了聊关于企业管理的心得，学到了一个很好的词：情感账户。就字面意思来理解，人与人之间，就像有一台虚拟的ATM机，里面存储着两个人之间的情感货币。存储的方式有很多种，比如说相互帮助，不管是物质的还是精神方面的。

在实际的工作过程中，很多人其实都在使用着这个情感账户，时不时主动地往里面存"钱"，存得越多，两个人的情感就越深。情感账户并不是取之不尽的，只有当你存得越多，才能取得更多。相反，那些你从来都不在情感账户里存款，却还要坚持取款的人，那无异于透支信用度了。随之带来的，便是信任的破裂、个人价值的破产，以及情感关系的破损。

当年梅兰芳先生旅居上海，生活困难，靠卖字画为生，杜月笙知道了此事之后，派人偷偷高价去买，帮助梅先生渡过难关，既没有让梅先生局促，又可以间接地帮助好朋友。因为你的举手之劳不足挂齿，不至于成为别人的滴水之恩当涌泉相报理由，而是相互之间的共生纽带。后来杜月笙落难香港，同样得到了梅兰芳先生的鼎力相助。虽然二人分属不同行业，价值观也不尽相同，可最终不影响着两个人之间丰盈的情感账户，更不会影响两个人一生的惺惺相惜。

在我看来，情感账户里的钱比现实中的金钱，要贵重多了。只有相互之间，懂得去一起经营情感账户，才能青山常在，绿水长流。

这个理论应用在公司管理上，尤其有价值。比如说圈层之间，或者是公司与公司之间，都有着这样一个看不见的情感账户。面对公司日益壮大，团队人数越来越多，现代企业管理模式就显得尤为重要。于是，在公司一次内部管理日课结束之后，我在黑板上，给公司高管们写下了"情感账户"这四个字，并让他们都谈了谈自己的理解。

现在，这套管理思路，已经成为我和高管们管理公司的一个理论基础。随着筑榜分公司的日益发展，将来可能会把公司开到全国很多一、二线城市，也会有很多老同事分散在各地，维系我们之间的感情纽带便是在一起的时候，情感账户里面的价值是多还是少。

赠人玫瑰，手有余香。当你的朋友遇到困难的时候，主动出手相助；在朋友沮丧焦虑的时候，陪他一起分析问题给出建议；在自己的团队取得成绩的时候，对小伙伴们的支持和付出表示感谢；在朋友取得成功的时候，发自内心地为他鼓掌、为他高兴。这些都是日常生活中，往情感账户里进行存款的例证。处理人际关系离不开沟通，而沟通的本质便是积极地表达自己不忘初心的一面。

上海公司的小周，二十岁出头就从周口郸城老家来到上海，通过老乡找到我。当时他没有什么一技之长，我见他为人朴实，便让他跟着我一起做模型直到现在。这些年下来，他也算得上是公司的老人了。一次私下聊天的时候，他说了一句话让我印象深刻："王总，这么多年，我是不是被您骂得最多的人？"我愣住了，然后回想一下，好像还真是。但我竟然没有发觉。于是我反问他："你为什么能够忍受下来，也从来没有跟我抱怨过？你也没有想过跳槽到其他模型公司。"

要知道，凭他这些年积累的模型专业经验和客户关系，去任何一家公司，都绝对是抢手的香饽饽。因为在这个行业里，用心钻营的人很少，兼顾生产和业务专业知识的人更为稀缺，这种能力不是一朝一夕就能培养起来的，需要十年如一日的深耕与努力。小周笑着说："您不是说了嘛，我俩的情感账户里，'钱'有很多呢。"

越是长久的关系，越需要不断储蓄，让彼此的合作有所期待，让原有的信赖不至于枯竭。尽管每个人的需求都不一样，但是真正用心地助他一臂之力，往往会产生非常大的积极影响。

郑州公司的一位项目经理跟我说，他觉得能够增加情感账户的存款的，是礼貌、真诚、仁心与信赖。有了它们，即使不善言辞，也不容易得罪他人，因为对方不会轻易误会你的用意。然而这份信赖并不是随随便便就能建立的，它需要长时间的、有效的沟通和接触。管理过程中的失信行为或者简单粗暴的处理，只会降低甚至透支情感账户的额度。到那时，公司的团队管理就会出现问题甚至导致管理混乱。

创立筑榜之初，我就在思考我们的企业文化是什么。这是一个很复杂的课题，尤其是当企业开始具有一定的规模时，更需要思考这个问题。毕竟随着人员的扩充，每年还有大批高校大学实习生引进，处理各种关系会让我如履薄冰、小心翼翼。有时候也会担心公司团队内部的气氛，大家察言观色、谨言慎行，弥漫着紧张的空气。这其实违背了当初创立公司的初衷。一位朋友为我提出建议，八个字：纯粹关系，价值分享。

有时最重要、最有效的"付出"可能只是倾听。试着去理解他人，让对方知道你在乎他，尊重他。建立和维护关系都需要时间，需要保持耐心，需要积极的态度，要循序渐进。

郑州分公司在2018年年初成立，总经理岗位由我从上海总公司派驻。在中原市场，模型产业随着品牌地产公司的下沉，产生了很多中下游竞品公司，作为集团第一个规模较大的分公司，面临的各种竞争压力和工作压力是非常大的。加上新公司业务沟通基础基本为零，所有的工作都要从基层做起。由于距离上海较远，总部能够提供的支持也非常小。

这是公司走出上海的第一步。当时上海公司很多骨干力量都被抽走了，需要紧锣密鼓地招兵买马。郑州更是要从零开始建立新的业务和生产体系。第一个月的时候，柴总经理打电话给我，聊了很久。我们谈及业务开展、公司管理，表示公司建设和发展遇到了很大的瓶颈。我非常理解他的心情，这与我当年创业时的心态和状态几乎一模一样。

但我没有多说什么，也没有安慰他什么，只甩给他一句话：郑州交给你，今年稳住。明年我就要跟你要业绩，有困难自己想办法。柴总与我共事了很多年，情感账户特别充足，相互之间也是极为信赖，并不会因为我的几句粗暴的言语，就影响他的工作和状态。这种直来直去的表达方式，反而会给他带来巨大的工作动力。

接着，2019年春节后，我邀请了南京睿驰集团杨兆盼董事长亲赴郑州，一是给团队打气，把品牌地产的服务经验，传授给团队；二是给新团队培训房地产营销和房地产相关业务的拓展方式。新成立的分公司是我们首次走出上海，真正意义上开拓的新片区市场。之前虽然短暂地设立过南京、赣州、合肥和兰州等事业部，但大多都没有以公司的形式进行独立运营。因此，郑州分公司除了为集团公司创造利润，还有一个更重要的目标任务是积攒经验。

我们团队虽精通模型业务，然而对房地产的行业链的知识机构，仍存在着不足。杨总从事地产行业服务很多年，深谙业务拓展方式和具体事项的开展，加上管理上独到的先进经验，在中原大地这一片新鲜的市场，非常受用。他的这次业务培训，给整个郑州团队带来极大的信心。除了走出去向各大品牌学习之外，我们还要邀请杨总这样的专家走进来，为我们打开一扇窗户，让我们呼吸新鲜空气，看到新天地。

除了业务方面的培训之外，杨总还花了半天的时间，给我们所有人培训了关于如何通过情感账户开展业务的方法。越是持久的关系，越需要不断地储蓄。比如说，十多年未见的老同学，见了面之后，仍可以立马拾起往日的情谊，毫无生疏感。那是因为过去积累的感情仍在。但是经常接触的人，就必须及时"投资"，否则突然间发生透支，很容易措手不及。这也给了在座的所有同事，一个很好的业务拓展灵感。

紧接着，我要求柴总带领业务线的同事，进行降维选择。除了常规性的地产业务拓展之外，把触角伸到地产下游的合作线，比如当地与地产公司合作紧密的媒体公司、公关公司和广告公司，通过外围关系基础的营造，迅速将业务关系网全面铺开。于是短时间内，仅河南省八十五个县，就已经布满了我们的业务关系。

在这个过程中，杨总的南京公司与郑州公司达成了帮扶关系，为分公司的发展献言献策。就产品的发展，他又提出了一个新的策略，"升维打击"：利用高技术、高标准和现今的模式，在市场中闯出一片天地来。我们团队听了很感兴趣，也大大增强了同事们的信心。很快，我们聘请了来自深圳的企划团队，对筑榜集团公司进行企业文化的升级。从公司形象、展示物料和产品研发，各个层面都来了一次全新的升级。

业务降维，产品升维。杨总别出心裁提出的战略理论，给了公司团队无穷无尽的指导力量。我相信每家优秀的企业，都拥有优秀的情商，知人所想，明人所理，与优秀的人合作，才会让自己变得更加优秀。

当然了，由于我们公司在国内地产开发企业前五十的资源库中，合作这些年，相互之间非常熟悉，彼此之间对接起来非常顺手。而这些公司大都在中原地区开发新的项目。所以说，企业与企业之间其实也隐藏着一种情感账户。做好服务，做好产品，在依照合同办事的基础上，把企业相互之间的情感放在第一位，这样相互之间才能有着更好的发展前景。

有时候和身边的朋友总结起郑州筑榜这两年的发展情况，我会这么形容：对公司和对我来说，这都是一场不小的历练。我们很多人谈论规矩和法则，可实际的操作过程中却总是会偏离初心，"不拘一格"的行事作风往往能够给企业的发展带来很多意外的收获。人与人之间的关系，企业与企业之间关系，都需要很长时间的积累和维系。当我们把革新作为首要的动力时，常常会忘记打好基础。

记得正月十五那天，我和老杨一起去了一趟嵩山少林寺。从郑州驱车前往登封大约两个小时。冬日里的中原大地显得格外冷寂，山里空荡荡的。踏在石道上铿锵作响，声音绵延悠长。前些日子刚下过一场大雪，山脚下的雪已经融化了，可是山腰和山间依旧白雪皑皑。在山道里走着，枯枝伸了过来，一触即折。溪水顺着峡谷缓慢淌过，寂静无声，到悬崖处，似细线垂落，落于水池后低沉。冬日的阳光格外明亮，照得一切都那么温暖清晰，瞥一眼太阳，晃得睁不开眼，远处山体嶙峋，如裸露的骨骼，坚韧。

我喜欢冬日阳光下的山，温暖，寂静，深沉，一如生活本该有的样子，缓缓、平寂。做模型这么多年，看到山看到水，看到自己喜欢的景致，总想着将来有一天，能够把它做成沙盘，很微小的也可以，摆放在办公室里，抬头便可以看到。

我不禁想：与山相比，人真是世间的匆匆过客。

可是，这山是属于谁的呢？

我们在路上讨论这个有趣的话题，最后达成共识：闲者得之。

这山，徐霞客来过，武则天登过，秦始皇看过，我们于他也只是客。你来与不来，他总在那里。在路上的我们，不知什么时候也终将离开。唯一要做的、能做的便是珍惜当下的时光。有人说阅读是身体的旅行，旅行是身体的阅读。观山则情满于山，临水则情溢于水，品味山水过程的感悟，是最为自己值得珍念的。人生总有一些旅行是值得珍藏的，好在我用所在的行业，去感悟每一次的得与失，通过不断地提高认知，去感受外面的世界。

我跟很多业务线的同事们都说过，去每个城市，在处理业务、拜会好友之余，一定要抽出闲暇的工夫去看看当地有名的景点。哪怕只是看一看，也总能得到与阅读不一样的体会和感悟。除了风景之外，陌生城市也会带来新鲜、神秘感，让人有探索的欲望。从这一点上来看，模型从业者骨子里应该不是一个安分的人，我们应该走很多路，见很多人，读很多的书，体验许许多多不一样的人生。我把这些行为上的体验，称作为情感账户"储值"的法则里，最重要的一个环节。

这趟旅行，除了少林寺，我们还去了一趟嵩阳书院。书院位于峻极峰下，是四大书院之一，以理学闻名于世，程朱理学的讲坛圣地。书院大门是乾隆皇帝御笔亲书：高山仰止。出自《诗经·小雅》"高山仰止，景行行止"，大致的意思是赞颂品行才学像高山一样，要人仰视，而让人不禁按照他的举止作为行为准则。其实，对我们做企业的人来说，何尝不是如此。参考优秀的人行为法则，朝他的方向去努力。榜样的力量是无穷的，模范才能起到带头的作用。

中原的嵩山每个人都应该来一趟。每当山风吹起，枝叶摇曳，如响环佩，如闻丝竹。空灵寂静的山林与幽僻的书院相得益彰，沙沙之声或化为琅琅读书声，或化为经声佛号，抑或是道家清晨的唱诵。儒释道三家归于汉柏之下，颇有穿越时空，水乳交融之感。三教合流是真正的彼此影响。禅宗的少林、道教的中岳庙、程朱理学的嵩阳书院，空间与时间，集大成于中原。我想这里可能是三家思想的"情感账户"所在地吧。千百年来，没有纷争，各自发展，救人于歧途，助人于危难。

彼此的了解和建立合作关系，是十分必要的。在这个利己主义物欲横流的今天世界里，秉持敬天敬人的哲学、做到"动机至善，私心了无"的其实也大有人在。我们作为经营者，自己对事业的热情本身就是发展的基础，用一颗热忱的心关爱团队、勇于挑战，这才是真正的正向思维模式。

将来我们会在全国各个重要的省会级城市扎根，彼此的文化之间，一定会有着非常大的碰撞和意识形态的不可调和，如果没有兼容的心态，很难在全球化的今天，独善其身。在回来的路上我对柴总说，郑州这个地方，我们来对了。在这里，集团站到了一个新的高度，有了新的发展模式。

第六章
士兵突击与能力陷阱

创作这本书的初衷是分享一些工作心得给公司的同事，包括我对这个行业的理解和一些模型行业的案例。从事行业近二十年，自觉一直深陷其中，无法自拔，甚至有些孤芳自赏、独孤求败的意思。感觉除了做模型，再也做不好其他事情，就像很多专业门类的人，一生只擅长一件事一样。

读书的时候，家境一般，为了不给家里增加负担，便提前辍学走向社会。写作对我来说是一件痛苦的事情，何况是写一本书出来。但我把这件事情当做一件有意义的事情。

我从事的模型行业是一个很难向其他方向拓展的行业，只能深陷其中，在模型领域越走越远。随着市场的波动，我们的业务也受到影响。那么要如何在这个过程中，去拓展出自己另外的技能呢？我相信，更新我们自己的习惯和思维方式，才能实现职业生涯的转换和逆袭。

原本我就有扩充公司业务的打算，随着我们合作的多家品牌地产商的扩展节奏，进行全国范围内的布局，可随之带来的对团队能力的要求，让我有时候感觉惶恐不安。这个压力是巨大的，是难以想象的。能力既是让自己吃饭的本领，也是一个被自己挖掘出来的一个陷阱，它带来的排斥性，很容易让自己失去对新的领域拓展的激情，正是在这个时候，如何突破我们的能力陷阱，成了迫在眉睫的事情。比如说，我应该花点时间去研究财务管理，花点时间去研究人力资源，这些认知都是在公司的发展过程中必不可少的。

刚来上海的时候，因为读书不多，知识文化水平不高，一直感到很自卑，生怕自己将来没有任何作为。我把我的这段经历讲给很多像我一样的年轻人。书读得多与少，与成功并没有直接的关系，而是你的习惯有没有去改变，往往这个时候，惯性思维最容易决定每个人的认知。公司墙上写着给新同事的一段话：先出发，再规划和调整路线。这也许是很多人职业生涯里最重要的生存法则。

一个周末的中午，和几位朋友一起吃饭。一个朋友感慨道：人哪，最重要的是要知道自己想成为什么样的人。这句话相信很多人都说过。每个人都会觉得，我们做重要的事情是要先规划清楚你是什么样的人，想成为什么样的人。

但通过这些年的总结，我发现这样做其实是非常危险的。因为你总想着成为什么样的人的时候，就已经被现在所有的这个状态局限了。我们自我感觉能力越强的这些技能，往往越容易把我们牵绊在当下。比如前两年有朋友会问我，你在筑榜模型主要做什么？我很高兴地对别人说，我就是一个生产模型的。

其实这就是能力陷阱，你的思考方式往往来源于过往的经历和所取得的成绩，改变自己唯一的方法，就是去做与自己之前不一样的事情，抑或是行业延伸的事情。只有那些充满挑战的新经历，以及它们所能够带来的改变，才能打破我们固化的行为习惯和思维模式。这段总结就特别适合跟我好多年的同事，像柴庆、郭艳涛、田凯、周鑫、郭威、付陆旗和田昌等等，当然也包括我自己。

试着变成一个有故事的人，在这个阶段，就会很有意义。毕竟随着人的阅历增加，一定是最增值的财富。很喜欢乔布斯在斯坦福大学演讲的这句话：你不可能在向前看的时候，把点点滴滴串联起来，你只能在向后看时将它们串联起来。所以你必须相信，这些点点滴滴，会在你的未来以某种方式串联起来，起到无法想象的作用。

最后总会发现，其实人的每段生活经历，都是环环相扣的，所以鼓励自己多尝试，多去经历，去体验不一样的东西，才是我们真正应该做的事情。

很多人会排斥其他让我们成长和进步的事情，总是深陷自己的专业范畴之内，乐此不疲。包括各个分公司的负责人，经常和他们开视频会议，除了做好模型之外，我们还有很多事情可以去做，比如思考公司的发展方向，思考团队的改进与建设，甚至规划一次与团队的聚餐，都是一种有效地完成当前工作的体验。

　　能力陷阱往往就是这样，越是没有尝试过的事情，越不敢去尝试，会用原有固定思维的眼光，去看待问题，或者被别人所影响。于是，让同事们逃离能力陷阱，便成了我们管理层一项重要的工作，为此在一期高管日课中，我给大家讲了一个案例，关于美职篮我最喜欢的教练波波维奇。

　　波波维奇在场上和场下，有着两种不同的性格，场上的他，是出了名的"咆哮帝"、暴君。他蛮横、独裁、暴躁、刻薄、六亲不认、眼里容不得沙子……他不会对任何人留有情面，不管你是明星球员，还是板凳替补。他还不断地提出要求，忽略你的表现，如同你是世上最蠢的人。而球场下的他，则是一个喜欢讲冷笑话、一个大大的好人。有人说波波维奇是"所能遇到的内心深处最善良的人"。在邓肯的退役发布会上，这位铁血教头声音颤抖、几度哽咽，场面令人动容。可以说，波波维奇是一个优秀的领导样本。

　　作为领导，尤其是我们沙盘模型的制造业和服务业统一的房地产业态，必须具备这样的性格，做到在场上暴君，和场下朋友两者间切换自如。让员工理解困住你的不是你的短板，而是你的长处，能力是优势，同时也是陷阱，合理地利用每一位同事，挖掘每个人的战斗力是我们做企业的管理层必须具备的一项技能。

　　去年上半年，生产部门一位负责人有些忐忑地找我谈话，提到最近工作上遇到了瓶颈，用他的话说，觉得自己工作的激情一点点地被消磨，提不起来兴趣。这才发现，这么多年，我一直把他按在车间，极力将他培养成优秀的模型生产师。事实上，他的生产能力在模型行业非常受到认可，也多次受到客户的赞许，然而由于长期缺乏一线的业务拓展经验，导致对客户的理解有了偏颇。其实我早就发现了这一点，只不过没有说出来而已。我给他引用了《雍正王朝》里康熙对隆科多说的一句话：你这把宝刀我要留到关键时候使用。在职场，很多时候，你可能觉得自己备受冷落，没有得到重用，其实每个人都有着自己的价值，可是一旦属于你的机会来临的时候，便是之前无数次踏踏实实埋头苦干的见证。

正应了上面说的那句话，你认为是自己的优势，却往往会成为发展的短板，如何去改变，只能由通过时间来告诉你。其实，坚持的力量往往是踏实赋予的。就像波波维奇，善于发掘每一位球星的价值，把他们的角色互换，如果球队那么多顶级巨星过于依赖于自己的成名绝技，那么就很难让球队数年一直处于巅峰。

很快，经过几次沟通，我把这位生产负责人调到江苏的北部区域，同时兼顾着公司的生产线指导工作，没想到的是，派出去的第一个月便带来了丰厚的业绩，加上他本身对生产有着深刻的解读，受到了客户的一致认可。对于他本人来说，职业生涯又迎来了一次质的提升。我们很多时候太依赖自己的专长，反而会忽视长期依赖给职业生涯带来的不好的一面。

如果十年前有朋友问我：黎明，你想清楚了吗？你将来会成为什么样的人？我可能会说我的梦想是做一名顶级薪资待遇的模型生产师。然而如果一直坚持着这个想法，不去踏踏实实地坚持，是很难成为与过去不一样的人，即使获得短暂的成功，也很难脱胎换骨做一番有意义的事业。

我们需要像一个领导一样去做，才能够像一个领导一样去想。过去我们是怎么改变的呢？反省，反思，然后给自己和团队设定好目标，接着慢慢地行动，从公司的发展进程来看，发展的进程一旦变得困难，这与目标提早设定，有很大的关系。事实上来看，反过来做呢？先做，再思考，过程中设定目标，不失为一个很好的办法。

上次和杨总的郑州之行，会上他分享了一个小故事，关于一位选手跑马拉松的故事。山田本一是日本著名的马拉松运动员。他曾在1984年和1987年的国际马拉松比赛中，两次夺得世界冠军。记者问他作为黄种人凭什么取得如此惊人的成绩，山田本一总是回答：“凭智慧战胜对手！”大家都知道，马拉松比赛主要是运动员体力和耐力的较量，爆发力、速度和技巧都还在其次。因此对山田本一的回答，许多人觉得他是在故弄玄虚。

10年之后，这个谜底被揭开了。山田本一在自传中这样写道：“每次比赛之前，我都要乘车把比赛的路线仔细地看一遍，并把沿途比较醒目的标志画下来，比如第一个标志是银行；第二个标志是一棵古怪的大树；第三个标志是一座高楼……这样一直画到赛程的结束。比赛开始后，我就以百米的速度奋力地向第一个目标冲去，到达第一个目标后，我又以同样的速度向第二个目标冲去。40多公里的赛程，被我分解成十几个小目标，跑起来就轻松多了。开始我把我的目标定在终点线的旗帜上，结果当我跑到十几公里的时候就疲惫不堪了，因为我被前面那段遥远的路吓着了。"

目标是需要分解的，计划却可以提前铺排，尤其是面对最终目标来说，很容易把一个人甚至一个团队给压垮。往往来说，实现一个个小目标，可能比任何激励都管用，对于我们培养战胜目标的信心和作用，是非常大的。

包括上海总公司在内，当然也包括其他的分公司，在这几年的发展过程中，团队精兵强悍，可事实上我担心的是同事们会陷入一种能力的陷阱里，甚至会陷入过往的业绩目标中。有一次，我播放了《士兵突击》里几段精彩的片段，让员工好好学习学习。

其中有一段，高诚连长去团部拿自己的调任书，在与王团长的谈话过程中，他给了许三多的一段非常高的评价：许三多对目标执拗得像个傻子，而面对每一次机会的时候，就像抓住救命稻草一样，不肯放弃，过了很久之后，回头一看，好家伙，他竟然已经长成一棵参天大树了。

我们团队的很多优秀的员工不也是这样吗？就业务团队来看，业务最好的往往是一线的同事。而他们大多是赢在细节，比如前期沟通细化方案，考虑到每一个细节，深入了解客户的核心要求，并提出完美的解决方案。即使业务未能够达成合作，也从不放弃与客户的长期沟通，这也包括我们优秀的生产团队同事。在房地产的延伸行业里，沙盘模型被客户的挑刺率是最高的，而且修正的过程是非常耗费时间的。因此，小到一棵绿植的大小颜色，小到灯光的布置和控制，这些都需要耐心与细致，加上与客户方的过程沟通。

有时候我在想，如果我们每个人都把每一天的一个个细节，当成人生中一次修炼的机会，当成职业生涯里关键的一天，何尝我们将来不会取得成功？没有人可以拔着自己的头发离开地球，所以思维方式的转变，成了集团发展第一个五年计划的关键一环，要不然想再多也没用。亚里士多德说过：多做好事就会变成好人。我把这句话改变了一下：多做优秀的事，就会变成优秀的人。每时每刻都想着去做优秀的事情，不让自己碌碌无为，虚度职业生涯。这一切的成果，都是累积的，电视剧中的许三多便是这样，我们只有改变做事的方法，形成每一阶段的自我突破，才能够真正改变我们的人生。

就像许三多从新兵连调往草原五班，在很多人看来，军旅生涯到头了，完全可以混混日子等着复员转业，找一份好工作。班上的几个人整天也是同样过着这样的生活，打牌的打牌，发呆的发呆，内务一塌糊涂，生活停滞不前，目标无所事事。而正是这个傻不拉几的孩子来到五班之后，改变了自己，也改变了所有人。用他在新兵连养成的习惯，两年如一日，每天坚持晨练，风雨无阻，内务军容军貌更是严格要求，这种自律正是来自能力陷阱的突破，让自己不至于沦落成一个混日子的大头兵，而成为一个真正的勇于担当的男人。

这样的例子，在我们公司也有很多。毫无疑问，当一个人把生活过得有意义的时候，即使深陷贫瘠的境地，也比任何人都要富有。努力去改变自己的最好方式，便是做力所能及的事情、正确的事情和有意义的事情。

我们中间绝大多数人，都是普通凡人，智商中等，芸芸众生，没有谁比谁优秀多少个维度，唯一的差别是在能力的突破过程中，是否能够坚持内心里最想要的东西。看《舌尖上的中国》，古代人舂米，都是先剥去皮壳，去除皮糙肉厚，才能得到晶莹的米粒。人也是一样，经历了外在行动的改变，才能获得灵光乍现的顿悟。

实际上，只有我们行为发生了改变，迈出去这一步之后，一定会发生真正的改变。孔子也提过同样的道理。孔子有一位学生，名字叫宰予，有一天宰予对孔子说："夫子，你讲的道理特别好，但是我做不到。"

夫子问："为什么做不到？"

宰予说："我力不足。"意思是说我没有那么大能力，言下之意夫子你能力强，你能做到，我能力差，却做不到。

夫子骂他："力不足者中道而废，今汝画。"意思是说，一个人如果真的是能力不足，至少做一半才放弃，而你却画地为牢，根本就不行动，竟然还说自己没有能力。

这段对话我曾经给南昌公司的高管做过培训，并且给他们推荐了《能力陷阱》这本书，其实我们每个人都会因为担心而止步不前，甚至不愿意去突破自己，让自己能够变成从来没有见过的样子。这样看来，连半途而废都不是，根本没有去行动。当初派去郑州的几位高管，对陌生的市场也心存顾虑，我对他们说，无论如何都不要让自己固定在原有的笼子里，我们筑榜模型需要突破，团队需要突破，你们个人更需要突破。既然我们有了能力，就要用好这个能力，不能被能力的陷阱框住，勇敢地做一个真实的自己。

心学有一个很重要的观点：以心照物。有什么心，就有什么物，有什么样的志向，就会成就什么样的事业。每个人的职业生涯的行为习惯，都是内心在现实中的投射。我们崇拜的日本设计大师山本耀司也说过，"自己"这个东西是看不见的，撞上墙之后，反弹回来，才能看见自己。所以，我们得不停地与强大的力量相碰撞，才知道"自己"是什么，什么是自我。

能力陷阱的突破，仅仅依靠思考是远远不够的，正如多次举《士兵突击》的例子。我们需要彻底不同于自己做事风格的改变，并付诸行动，从外在带动内心，实现真正的改变。

第七章

日课的行为主义者

在很多场合我丝毫不避讳自己的学历，曾经也因为低学历而感到懊悔与自卑，在职场如果没有拿得出手的高等院校的学历，读书无用论在那个时候，显得多么苍白。初来上海，找工作谋生的过程，感受更加强烈。这个阶段，改变的方式只有不断地学习，不断地提高自己的认知和充实自己，才能不会被这个快速发展的时代给淘汰。我们团队里很多同事文化程度并不高，但这并不影响我们去实现终身学习。想起来上海的大巴车上，一边看着电视机里播放的《阿飞正传》，一边给自己定了目标，每周至少看一本书，哪怕囫囵吞枣式的阅读，哪怕碎片化的学习，都要强迫自己学习新的知识。这个习惯已经成为我的肌肉记忆，从影响着公司，一直到影响着我的家庭，影响着对两个孩子的教育。

创立筑榜模型的那一年，我开始着手把学习提升到公司的发展战略之中。一个作家朋友对我说过：读书是最低成本的成长。这句话让我一直铭刻于心，很多场合拿出来当成自己的座右铭，分享给身边的同事和朋友。现如今的教育是离岸式教育，孩子考上大学了，就觉得万事大吉，人生的可控性变得无所谓，似乎读书的作用，仅仅是考上大学，将来走进社会之后，书本跟自己没有任何的关系，早就扔到一边了。

学习是一辈子的事情，并不是某个阶段用于取得功名利禄的产物，更何况，每个人每个不同的阶段，总要发生认知的迭代，而快速地实现这种迭代，最有效的方式，便是读书和学习。问过身边的很多朋友，有的人一年都没有看完一本书，有的甚至十几年没有完完整整地读过一本书了，我觉得这是一件很可怕的事情。书到用时方恨少，知识的重要性在使用的关键时刻，需要积累与总结，成为自己毕生的生存理论。

我把这些年养成的学习习惯称为"低成本阅读"，每周纸质版或者电子版图书总会读上一本。无论是出差在高铁上，或者出国的飞机上，每周会听一本樊登读书会的新书或者之前上线不错的课程，也会花点时间去加入碎片化的学习和理论化的记录。创业这些年，回想其中的点点滴滴，理解得尤为真切。很多业务，需要事无巨细地与客户洽谈商议，并且期待达成合作，也在很多时候，把自己商务宴会当成公关的重要机会，展示自己和展示公司的实力，在这种场合里，没有点知识储备，是很难融入其中的。

在学习的方式上，我一直把曾国藩当成行为偶像。很多人把他的书当做成功学，或者厚黑学来读。我想这其实是对这位大贤的误解。他一生笔耕不辍，据说他这一生能够留下来的文字，超过两千万字。难以想象作为国家之重臣，一辈子带兵打仗，做了那么多惊天动地的事情，竟然能有时间写下这么多的文字。所以到今天，关于曾国藩的书会有那么多，而且他的日记书信文扎，非常频繁。这是一个极其勤奋的人。他不是简单地记录生活的点点滴滴，而是对当天事情和经历的思考，写下来，寄给远在湖南的弟弟妹妹子侄们。所以我们读《曾国藩家书》才会有那么多至理名言、人生哲理。

曾国藩先生的日课行为，深深地影响着我。从几年前开始，我每天无论多忙碌，都要读一会书，记录一下创业的感悟。这个习惯也逐渐影响了公司的同事们。我也希望他们能够多动笔，写点感悟，记录下每一次业务的复盘，哪怕忙碌的时候，也可以认真地写一段文字发朋友圈。

2019年是公司的业务上升年，项目经理几乎是一个项目接着一个项目的业务忙碌着，我们称之为"车轮大战"，经常连轴转、加班加点。即使这样，每做完一个项目，都会要求项目经理带队，生产经理和业务对接人员组织一个复盘会议，讨论这个项目的得与失，并且能够形成总结性文字，这笔财富不仅仅属于每位员工，更成为筑榜模型生生不息发展的价值体系。

由于行业的特殊性，我要求公司的伙伴们，要重视任何一个项目，不论是房地产行业还是政府规划行业，我们面对的每一个项目的背后渗透着非常多的专业人才的智慧和汗水。我们将他们的智慧进行总结，深入学习，深入探讨，并且能够成为下一个项目的标杆，这才是当年创立筑榜的初衷。

很多时候，生意的成败往往只是最后一刻的水到渠成，过程与结果的关系，是一种自然规律，它是恒定的，并不以人的意志为转移。我们团队生存发展的最终目的，过程和结果息息相关，在这个阶段的收获与锻炼，甚至伙伴们能够通过一个个项目，看到外面的世界，每天可以接触到各个专业领域的顶尖人才，接触到行业内各种专业知识，会成为我们成长中所需要的工具。

老庄要求世人"和其光同其尘，挫其锐解其纷"，这也正是曾国藩对自己的要求。把自己放在一个谦虚的角度，用毕生所学，审视这个世界，凡事见别人所长，凡事可屈可伸可行可藏。这已然成为我们企业文化中的一个重要的组成部分。前段时间，去南昌分公司开会，我发表了关于曾国藩"五勤"的讲话。

一曰身勤，要求集团所有的同事，身体要勤快，多走动，多运动，多去实地考察。我们做沙盘模型业务，实际现场是重中之重，不能单纯地停留在图纸与线上的沟通上，小到一毫米，也不能出差错，这种工匠精神，是身勤的第一法则。

回想我的职业生涯经手的五千多个沙盘，几乎每一个项目都亲身带着团队参与，几乎跑遍了国内大部分城市，还有很多海外城市。我有时候在想，人生的意义莫过于此，做有意义的事情，有意义地活着。

二曰眼勤，我们做第三产业眼睛要勤快，曾国藩说过"遇一人，必详观察看；接一文，必反复审阅。"

现在智能手机资讯非常发达，随手便可以观天下事。信息越发达，很多人却变得更加懒惰。看到一篇不错的文章，囫囵吞枣一下便转发朋友圈。这是一个非常不好的习惯。我要求公司的同事，对待这些信息，要能深入去研究一番，养成这样的习惯，用到公司的业务对接上，也是如此。沙盘模型业务，最重要的一个要求是细节，细节如何观察，靠眼睛去看，用心去想，靠知识去总结，对接的人和事，才能更加顺手。

三曰口勤，曾国藩说过："待同僚，互相规劝；待下属，再三训导。"

多与人沟通，在很多场合主动与人分享，把这段时间学习的新知识、读过的书、见过的人，毫无保留地分享，自己能够再次总结的同时，对别人也是一种帮助。这一点，用在我们的项目复盘上，有着很大的理论指导意义。公司的老员工田凯，主抓生产很多年，技术水平很高，缺点便是口头表达能力有所欠缺，改进这一点的行为习惯就是多练习，把自己的知识经验，反复地给身边的同事传授，经过了一段时间高强度的练习，现在个人的综合能力提升了一大截，经由公司的董事会商议，给予了升职奖励。

四曰手勤，易弃之物，随手收拾；易忘之事，随笔记载。

第五曰心勤，心要勤快。每天必然反思，写日课，记录当天发生的感悟。

个体创造出来的价值，远远比不上团队带来的荣誉感强烈。在竞争日益激烈的模型行业，所有创业者总是会忽略特立独行的企业价值，最终能够决定可以走得有多远，走得有多稳，这往往并不是粗暴地勇闯猛打才能赢得最终的市场尊重。那么我们需要的到底是什么？除了获得经济效益之外，还可以有哪些拿得出手的成绩，作为自己安身立命的法则或是拥有职业生涯一座座里程碑，经过这么多年的职业生涯积累，永远不停地学习是我们迈向巅峰的不二法则。

于是，在我的倡导之下，包括筑榜上海公司在内，很多分公司开办了读书会，强迫着每个人利用闲暇时间，读上几本书，并且把心得分享给身边的同事。有的房地产客户对我们的企业文化非常感兴趣，每次来公司参观，除了模型的制作，更多地会和我们谈论企业文化、哲学思想，金融经济，古今历史，甚至是心灵鸡汤。

在业务猛增的阶段，我们很多项目经理出差办事都是单打独斗的，无人商量、无人讨论，无人帮忙。高铁、咖啡厅，或者工地都会成为我们研究方案的场所。公司的全面赋能，成为他们成长的一把利器，不仅仅是政策上面的支持，业务上的无缝对接，更重要的是我们在无数次实践过程中，接纳了自己，并且让伙伴们在激烈的市场竞争中，成为一名会独立思考的模型职业经理人。人生而孤独，但不畏孤独。

曾国藩提出过一个著名的理论：结硬寨，打呆仗。他说过，"臣不善骑马，未能身临前敌，亲自督阵。又行军过于迟钝，十余年来，但知结硬寨、打呆仗，从未用一奇谋、施一方略制敌于意计之外。此臣之所短也。"

这六个字怎么来的呢，输习惯了。是一次次战役输出来的，小战练胆，大战练兵。输来输去湘军形成了这样一个作战原则。

具体而言，就是不论和谁打仗，去了城池外先勘察地形，选好之后开始扎营地、挖壕沟、扎花篱等等，把自己与敌方隔离开来。这看似愚笨的战术手段，却有着非常强大的战略威力。

给我们的启示有这样三点：

一是追求业务达成，就得下点笨功夫。比如我们的业务遍及天南地北，很多时候需要我们有一个勤快的身子，勤快的脑子，没有什么是可以轻轻松松就得到的。

二是注重积累，保持微小的优势，就一定能笑到最后。慢慢积累的微小优势，总有一天会成长为一支不可忽视的力量。

三是保持一个良好的心态，守住自己的底线。随着业务的逐渐拓展，我们会面临着各种压力，必须保持好的心态，始终向前、稳步推进，把遇到的各种困难、危险和障碍都慢慢消磨掉。

"结硬寨，打呆仗"的理论，对于我们郑州公司的发展初期，也起到了非常关键的作用。分公司刚刚起步，租赁办公场地、租赁生产车间，加上购买办公用品和生产工具，开销非常大，超出了我们之前所预想，首批次创始资金即将用尽。同时业务线上也很快出现人手不够的情况。分公司柴总带领大家开了一次会议，把中原大地各个重点区域市场进行划分，并且指定项目经理进行认领。同时定下阶段性三大任务：品牌地产商地资源库进驻、区域龙头地产商的业务接洽，中小型地产商的产品推介。

最终，郑州公司秉承着上海公司学习的氛围，良好地继承了公司发展的价值观，同时依托中原的"地缘优势"，将来自一线城市的顶尖模型实力展现出来，并且获得了巨大的成功。这是我一开始没有料想到的。我一直坚信，这与整个分公司初创团队的学习能力是分不开的。

记得洛阳一位地产商营销总来筑榜上海总部考察，对我说了这样一句话：黎明，我挺愿意与你们公司项目负责人交流的，除了模型方面的专业知识，更让我获益匪浅的是你们对各地房地产市场的熟悉程度，甚至比我们合作的策划顾问公司还要高。

因此，我又给柴总提出了一个新的要求：在三年之内，力争完成一套中原市场的月度白皮书，不仅仅让我们成为模型行业的小专家，更要成为全面服务地产商的智囊团，这项工作是非常困难的，但也是非常有意义的。

2017年，筑榜模型刚刚创立，这年很多大事件至今记忆犹新，《天局》这本书因为电视剧而火爆全网。读完之后，迫不及待地安排公司行政部门采购几本，以便于大家传阅。《天局》中的描写并不完全写实，但胜在想象雄奇，情感充沛。文中将围棋描述为生死决斗，直指围棋本质，深得人心。这本书给了我很大的精神慰藉。

那段时间处于公司发展初期，需要对接各级事业单位、各个房产商，公司的市场部门，俨然成了我们的情报机构，随时收集各个城市的土地出让信息。一旦得知有合作的资源库发展商，便第一时间让办公室主任定高铁票、飞机票。为了方便，司机也几乎是二十四小时待命。

有一次为了见马鞍山一家本土开发商营销总，约第二天早上七点前见面沟通方案，当时已经是夜里十一点多，正带领兄弟们开会，马上安排司机从上海出发，赶在早晨四点多钟到达马鞍山。担心第二天状态不好，影响商务洽谈的效果，便把凯瑞从南京叫来，一起与这家发展商的营销总监进行对接。

虽然我们作为一家年轻的公司，但拿出手的案例，还是让对方非常认可。一次又一次的"小胜利"，只不过是赢在了布局之中，与下围棋是一样的道理，人生如棋，围棋需要一步一步下，事业需要一步一步走。千里之行，始于足下，九层之台，起于累土。做企业也是一样，关键的选择上，谋定而后动。

那年八月上旬，天气溽热，上海的夏天，到处感觉是湿漉漉的。生产车间的同事，忙上一阵子，浑身便湿透了。我让办公室给每个人多准备几件工作服T恤，以备更换。田昌做菜是把好手，我经常揶揄他，要不是跟我来做沙盘，一定会是我们县城某家土菜馆的五星主厨。食堂，已经成为我们公司软性服务的重要一环。只要有前来参观的客户朋友，品尝了老田的手艺，总是会赞不绝口。公司院子里的几棵枇杷树，每年这个季节，总会让公司的同事，把成熟的枇杷摘下来，装箱打包，给身边的朋友们快递过去。

那几天往赣州运送两套沙盘，同另外两位同事钻进拥挤的货车车厢里。老田带了一大包方便面，两壶热水、零食、啤酒、香烟。跋涉上千公里，挤在闷罐子一样的货车车厢里，模型件已经塞得满满的，我们难得腾出一处空间，动弹不得，身体蜷缩着，看一会手机，累了，闭目养神。等到了江西境内的一个服务区停了下来，天已经黑了，华灯初上，远处的高速公路上的车来车往，犹如两道闪亮的平行线，牵扯着我们的眼光，漆黑的沥青路面在灯光的照耀下如同一道长长的影子，叠印着岁月与时间的痕迹。那一刻，心灵深处，突然涌起一股难以言说的悸动，在这个并不算艰苦的岁月里，我的内心平添了许多感慨。

到了赣州，下起了大雨。每次来江西，气候总是不一样，心情却很舒畅。赣州是客家先民中原南迁的第一站，是客家民系的发祥地和客家人的主要聚居地之一，全市客家人口占到95%以上，称之为"客家摇篮"。当地人对我们河南老乡有着天然的亲切感，只要操着河南口音，总能找到共同的话题，感情加深的方式有很多种，喝酒能解决，唱歌能解决，一碗炒粉当夜宵也能解决。这里好几位相处了十来年的好朋友，大都是从事地产行业，而且全是通过模型业务的合作过程中，一步步地由商务合作人变成无话不谈的好兄弟。

朋友开车带我随便转转，这些年前前后后来了赣州很多趟，竟然没有一次认真地看看这里的景点。这一次我去了趟涌金门，当时看到一幅袁老所书王阳明的五言诗《通天岩》："青山随地佳，岂必故园好，但得此身闲，尘寰亦蓬岛。西林日初暮，明月何来早。醉卧石床凉，洞云秋未扫。"清秀的书法配上诗的意境，让人赏心悦目。这条不长的街道，汇集着古玩、书画及装裱、玉石以及红木家具，随便找了一家，喝杯茶，赣州人喜欢喝红茶，一边喝一边听他们讲一讲关于赣州的历史。在我所经历的城市，这里已经成为我心之念念的乡土。

第八章

构建梦想的原则

很多的时候，我们好为人师，将自己的经验和想法强加于人，希望于他人不要走自己的老路。我也未能免俗，每次和同事们沟通，总是喜欢分享职业生涯里最值得称道的事。

其实我们总想着去改变别人，却忽略了去找方法改变自己。我们总想着改变这个世界，却发现改变自己才是这个世界上最艰难的事情。每个人和改变自己之前的那个"我"，是有着很大差别的。有时候我在想，要是遇到刚刚来到上海的自己，我会对他说些什么呢？我在书中提到过王家卫，他电影里总有一段难以忘记的过去，那是最开心的日子。它可以是花样年华里代号为2046房间的时光，也可以是阿飞正传里下午三点之前的一分钟。

我相信，如果总结每个人的人生，一定有个一致的规律，就像一段段连续不断的抛物线一样，有高峰也有低谷，有高潮也有失落，不断的循环往复，直至生命的结束。每个人都希望自己的人生始终处于顺境，于是对低谷期有着强烈的抱怨心理，对它的抗拒性非常大。殊不知，不经历磕磕绊绊沟沟坎坎的人生是不完美的。大诗人苏东坡写过：人有悲欢离合，月有阴晴圆缺。人的一生，顺境都是来自上天的眷顾，逆境才是常态。

更何况，当你改变不了环境的时候，可以试着去改变自己。人最可贵的地方在于拥有自我。而一个独立的自我贵在坚持。一个人无论面对怎么样的挫败都不应该丧失方向感，不应该失去对前方的虔诚。在我看来，能够真正引起你改变自己的动力，往往是来自环境、经历的重大变化。

如果我们正在做着一眼可以望到头的工作，如果你是一个年轻人或者对未来还有期许的话，那么要学会让自己做一些富有想象力的事情。毕竟，没有人能预测10年、20年之后的变化，但有一些事情，你完全可以做好的。比如每天做一件有意义的事情，每天写一篇文章，每天健身半个小时，每天坚持阅读，甚至每天去认识一个新的朋友。在努力去前行的过程中，需要用理性的事情对抗我们每个人的感性，这样才有可能去脱胎换骨地改变自己。

2015年年末，在飞往新加坡的飞机上，偶遇了十多年前的一位客户朋友，我们年龄相仿，经历相似，一起聊着这么多年经历的过往，非常开心。在我们一路的沟通交流中，初次萌生了创业的想法。下了飞机，又转了大巴车去马来西亚依斯干达特区，倒了几趟车，最后我俩坐上了一辆三轮摩托车，虽然颠簸得厉害，可是东南亚特有的空气、阳光扑面而来，顿时心情变得异常轻松。

在车上，这位朋友问我：黎明，你职业生涯做了多少件沙盘模型了？我想了半天，实在记不清具体经手多少件沙盘作品了，这得好好花点时间去做统计，有很多件沙盘的影像资料也没有留存，真是可惜。接着他又问我：你的目标是做多少件呢？说实话，我对数量压根没有概念，也许业绩的数量是目标，但绝对不是奋斗的目的。有时候出差去一个城市，竟然发现这里的楼盘里有过我制作的沙盘。有时候去了一个老旧的售楼处，这里已经改装成业主的会所，沙盘由于它自身的特性，又重又结实，往往很难拆卸，一般会被移到一个角落，长时间无人打理，上面落满灰尘。

前年的冬天，去了一趟南通的海安县，和一位客户约好在业主会所里见面。这里原本是售楼处，现在已经没有了往日的熙熙攘攘。同事指着角落处的沙盘让我看，才发现铭牌上印刻着制作人的名字，其中就有我。这才想起很多年前来这里安装过沙盘，当时人来人往，而现在欢闹的场面已经不复存在。这个楼盘应该已经交付很久了，沙盘早已经失去了它原有的功能，如同一位老态龙钟的禅师，经历沧桑，心落尘埃，无人擦拭。平时偶尔有人来这里走亲戚，会跑到沙盘旁边，寻找楼栋的位置，也有忘记门牌号的老人，叫保安指给他们看家在哪里。我熟练地爬到沙盘台上去，扳下一栋洋房楼体来，小心翼翼地擦干净，用报纸包好，让田凯带回了公司。

出门的时候，看门的大爷见我们手里拿着一大包东西，就拦住我们一脸严肃地问我们做什么。田凯故意瞪大眼睛，气冲冲地对大爷说："老爷子你知道吗，这公司欠我们的尾款还没给呢，找不到老板，我们扳一块回去抵债。"大爷同情地点了点头说："小伙子，还要不要了？想要的话全都拿走，放在这里占地方不说，还碍事。"说完还在小声地嘟囔："这玩意儿这么值钱吗？那么一小块就可以抵债？"

一路上我们哭笑不得，心疼自己的作品最后落得如此田地，毕竟每件沙盘都是一整个团队苦熬一个多月的作品。可是转念一想，如果把经手过所有的沙盘都回收回来也不现实，拆一块带回来做个纪念还是可以的。

在给这本书起名字的时候，我们团队一起头脑风暴，想了很多个。最后公司管理层一致认为"我的5000个沙盘"更能代表我和公司的发展历程以及我的职业生涯。希望能够给新入职这个行业的新人们，有着更多的参与机会，去了解沙盘模型这个行业，去了解它所服务的房地产等行业。

只有很努力地做人做事，才能让别人看起来毫不费力的样子。但我敢肯定，真心想去改变自己的人，一定能在这个旅途中收获很多。读过一句很有趣的话：种一棵树，最好的时机是十年前，其次是现在。只要愿意开始，什么时候都不会晚。过去已过去，未来还很早，活在当下最好。一位从事地产多年的前辈用一句话总结：国内优秀的职业经理人大都集中在房地产行业，他们知识丰富，认知充实，更重要的是有一颗全力拼搏的心。

考察完项目，在去往新加坡机场的大巴车上，我坚定地对这位朋友说，回国之后，立马组建新的团队，创立属于我们自己的沙盘模型品牌。这个想法其实埋藏在心里已经有好几年，工作之余，躲在书房，一个人不停地在纸上画着蓝图。从生产、销售、安装到后期的客服工作，这是一整套系统的流程。

妻子对此颇有微词，毕竟这个行业太累了，提报、投标、中标、制作以及回款，一堆躲不开的烦心琐事。对于单个项目来说，公关对接的时间成本很高，业务完成之后立马归零，需要重新去开辟新的项目。她很希望我换个行业，比如说在上海做点小生意，甚至回泌阳老家做点事情，也能过上体面的生活，满足一家人的基本开支是足够的了。可是回想来到上海这些年，几乎所有的时间都扑在模型行业上，所有的注意力，都在这个外人看来冷门的行业里打转，所有的朋友关系，也都与这个行业有关。

在《整理的艺术》这本书里提出过：长时间学习需要的不仅仅是毅力，更是找到让人长时间可以持续的机制和方法。于是，我试图找到这样的机制，我相信这会成为新创立公司成功的不二法门。比如，拥有一群有着共同目标的伙伴，有了他们，我们每个人都会觉得信心倍增，让我们在奋斗与成功之间，形成一种良性的互动。

经验告诉我，要想获得成功，除了产品力，更为关键的是团队营销能力。南京的兄弟老杨曾经在一次私人聚会的酒局上对我说过：营销的价值在于分享。这句话成了筑榜模型钻营销售的生存法则。通过这几年的发展，筑榜不知不觉地成为模型行业里，营销做得不错的一家公司。

　　说到分享，我更多的理解是，资讯的平台已经成为行业发展的一个重要风口，随着自媒体的盛行，智能客户端浏览已经变得非常便捷，每天信息的爆炸量与十年前相比，已经不是一个量级的了。我们如何在这个时代的当口，找到适用于我们的信息，并且能够分享出去，是需要通过认知去筛选的。成功的法则千千万万，归根结底只有一条：适应时代的需要。

　　我意识到筑榜模型的行业立足点，不仅是一家生产模型的工厂，更是沙盘模型的营销公关公司，自我包装体系的搭建与客户的产品包装一样重要。没错，在这个过程中，我们生产的目标是还原，还原地产实景模拟的真实性，并且能够把自己打造成地产开发前置的平台分享商，让客户在我们这里获取到更多地资讯和信息。

　　此外，品牌形象的包装，故事体系的搭建，甚至素材的收集都很重要。这也是我们着手讲沙盘故事的一个重要原因。每个沙盘不仅是冰冷的各种零件，更有着自己的一整套故事、灵魂和思想。上面提到，当智能移动客户端带来的巨量信息，我们每天可以接受各种各样的讯息，牢牢地占据着我们大量时间和精力。我们不如将这份经历，用到个体的灵魂里，包装出属于每个人的品牌与故事。这里有我们的梦想，有我们的道路，也有我们经过的每一座城市。

　　至今忘不了那次在马来西亚，蔚蓝色的海天融合，我们几个朋友一起在依斯干达海边，对岸是碧桂园森林城市，看着它一天天地拔地而起，绿意盎然。作为供应商代表来这里参观，带给我的除了震撼之外还是震撼，尤其在营销展示中心，我和几个同事围着模型看了一圈又一圈，当得知是海外的模型公司制作的时候，那一刻在内心里一个声音对我说，将来公司一定能做出比这更好的模型作品，真实地展示这个世界梦想中的样子。

我想起古人说过的：春为发生，夏为长赢。光看字面意思，都能感觉到说不尽的希望，日子可以悠长地发出声响。很多时候，我们不需要像夏天这样亢奋与不知疲倦，而是希望我们在这无尽的日子，感受到天长地久，无尽热爱。毕竟我辈中人，无拘无束地去奋斗，才会觉得人生变得更加有意义。

模型行业从业了这么多年，经手的几千个沙盘，每一件沙盘模型对我来说，是一段段故事的累积，充满回忆，充满阳光。我在书中试图把这些故事的无聊部分去除，比如如何开拓的每一项业务，如何在厂房里带领生产团队将客户的作品打造出来，如何一次次研发新的材质。这些并不是发展商的客户朋友们所关心的。房地产行业是以结果为导向的，需要对结果有非常执着的能力、意志力和行动力。

乔布斯当年从苹果公司里出来的时候，跟着皮尔斯学到了一整套好莱坞讲故事的手法。这里有三根做生意的支柱。第一根支柱是识别出客户想要什么；第二根是支柱确定客户现在所面临的挑战；第三根支柱是提供一种可以表达自己的工具，就是如何帮助客户解决这个问题。

为此，在我们公司一次生产部门内部会议中，借鉴了乔布斯的经历，向大家提出了一个新的观点：Think Different（非同凡响）。这在今天很多线上管理创新课程里，这个观点依旧被很多百强企业使用。筑榜尤其将它用在生产部门的研发中，这对于我们营销团队，有着很大的提高意义，模型行业除了设计的模拟之外，更重要的是创造出非同凡响的理解能力，让这个理解能力从一开始就能够变成现实，就能够体现出创造的力量。

举个例子，我们曾经在2018年接手过浙南的一个超大地产度假村项目。这个项目的业态种类非常丰富，而且依山傍水，自然条件优渥，涵盖了别墅区、颐养区、商业生活区、文化旅游区等等。这家地产公司在市场上光寻找模型合作单位就花了将近十个月的时间，一直没有满意的合作对象。究其原因，一是项目产品太过于特殊，很少有相关经验的模型公司有能力去接手；二是项目的细部表现极度复杂，设计的要求需要达到多项发明规范，这在国内模型界也是很罕见的。

当投标函发到公司的时候，距离首批次方案标书上报仅有十多天，时间紧，任务重，我还是咬牙应了下来。除了这单项目标的额度非常诱人之外，此类产品也是国内地产划时代的标杆，对于我们整个团队来说，是具有划时代的意义，只许成功，不许失败。

为此，我们连夜召集管理层团队，成立项目组，并派驻团队，赶往现场，安排伙伴们在当地住民宿、吃农家菜，与当地人进行攀谈，了解当地的人文地理和生活方式。沙盘设计关键，结合了甲方给的地块落差，我们也重新复合了一遍。为了将方案完美地呈现，除了在材质、智能化和科技化全盘托出之外，生产团队甚至为了更好地展示给客户，花了两天的时间，制作了一只一平方左右的mini微型示意沙盘。与此同时，短期外聘了一家地产顾问公司，在我们的实地调研基础上，给予了这个项目一个新的概念输出，当整套投标方案拿出来之后，一下子将客户团队给深深震撼住了。

直到沙盘交付使用之后，客户才知道我们的背后做出了那么多的努力，营销负责人在电话里笑着对我说：虽然当时现场定标就是筑榜公司，可是为什么你们当时没有告诉我们，你们为此做出了这么多的努力？这可是一个很好的额外加分机会啊。

很多时候，大家都在强调成功学，这里面其实有着很深的学问，要学会把客户的诉求放在单一的焦点之上，卡耐基告诉我们，单一的焦点诉求是最容易成功的。就像大家看过一幅漫画，两个人挖水井，一个人挖了一会见没有水，又换了一个地方，继续挖；另外一个人呢，执拗地盯着一个地方去深挖，最终果真挖到了甘甜的井水。事实上，我们很多时候在强调方向，在强调选择的行业，可是，却很容易在一开始，忽略了坚持的意义。

我们面对的各类地产开发商也是一样，尤其是现在一线的品牌开发商，所开发的产品更为综合，我们需要服务的种类太多了，房地产开发的理念也难免更为复杂。可能今天我们服务一家商业地产营销总，或许明天跳槽到纯别墅楼盘。当我们去理解一个新的楼盘，更多的时候会和之前的营销案例进行对比，找到其中的某些相同点，甚至折中的思路。

这个时候，我们开始主动地要求客户方安排营销的一线团队，介入模型的设计与制作之中。既融入我们的创作过程，又可以帮助我们更深层次吃透每一个项目，这是非常必要的。房地产构建就是一种表达，比如我们眼睛看到的世界是很小的，也就是它的焦点是非常小的，大约只有指甲那么大，可是为什么我们通过只有指甲盖那么大的地方观察到如此清晰的世界呢？那是因为通过脑补来的。我们的大脑会给我们补充很多想法，让我们能够看清这个世界。很多东西我们是根本看不到的，但是我们可以通过脑海想象出来，形成对于这个世界的理解。

在一次内部会议中，公司的副总提过这样一个观点：透明化沟通。这是一个很有意义的词语，很多人在工作中有发现，大家总有一些不愿意面对的事实。例如，这次与业务失之交臂的根本原因是与客户沟通中的某次失误。其实我曾经是一个很粗放的管理者，团队人都知道，只不过不说出来而已。当我们不愿意面对事实的时候，也就失去了讲真实故事的权利。这个故事不仅仅要讲给客户听，更要讲给身边的同事听，变成特别真实的故事。

为此，我开始从赋能角度审视整个公司的发展。在公司发展的方方面面，这个故事的真相，其实是公司取得飞速发展的不二法则。我发现，怎么样能够把事实说清楚，才是我们的生存之道。在一次郑州公司头脑风暴会议中，那次我带着管理层，在酒店的房间里，一直聊到天蒙蒙亮，隔壁的房客几次打电话投诉，嫌我们的声音过大。我和大家说了谈话的重要性。"为什么谈话很重要？为什么谈话的能力对每个人来说非常重要？要知道，每次的谈话，都会为我们的目标提供一次新的理论。"而往往某个观点，很有可能左右公司发展的某次绝佳的机遇。其实这个过程中，是有感知差异的。

我的大儿子最近天天在听贝多芬的《第九交响曲》，他会说好听、好棒，还有一大堆溢美之词。要知道，当年这首曲子出来的时候，乐评人会说这首曲子就像一袋无序的钉子和一只铁锤放在一起的感觉，乱七八糟，不要忘了，贝多芬可是个聋子。可是为什么我们会觉得这首曲子好听呢？往往感知过程中的差异存在，会影响着我们的判断，这与认知无异，这里包含我们过去所接受的教育，过去所选择的立场，以及我们对待这个世界的价值观，所以同一件事情，放在一起，很多人看来，结果完全不同。

就像我们看待房地产项目一样，开发经理有他的想法、成本经理有他的想法、财务经理有他的想法、营销经理有他的想法，甚至物业经理也有他自己的想法，这里面没有对错可言，只有认知的不同。我们所做的，要去了解开发环节的各个环节每个人的认知，在这个认知里，都有着或高或低的房地产理论涵盖其中，值得我们去深入研究，从而能够打破这种感知差异。

第九章
自创十二字方针

　　写这本书的收获也是不小的，通过文字对自己进行鸟瞰式的总结。这里有刚刚来上海的模样，也有打拼时候得忘乎所以，也有着开疆拓土的道路与梦想，更有着人到中年的沉静与思索。很多时候是热爱在支撑着走过这一路的，凡是提高与充实，丰富我们生活的东西，便是热爱，这是通往一切高度和深度的东西。即使我们生活的世界无法去改变，然而并不影响着我们去努力而清醒地活着。心中坚定着热爱，人生必有光芒。

　　刚来上海时，主要是在跑业务，从长三角地区一直到跑遍全国和许多个海外国家。紧接着，创办自己的公司，和所有的同事们经营一份属于我们自己的事业。在这个过程中，我们走南闯北，经历风雨。我没有拿得出手的学历作为前进的资本，也没有殷实的家境能够借势发展，更没有高科技的技术作为企业的核心竞争力，只有坚持不懈的努力和埋头钻营的工匠精神。通过不懈的努力，才能寄希望于未来，找到生命中真实的样子。

乔布斯有一句话：你选择的工作必须是你热爱的，否则你也不会有毅力去坚持到底。年轻时候的乔布斯，喜欢研究计算机，二十岁的时候在爸妈的私家车库里面创办了苹果公司，开始了自己的计算机事业。同年，苹果公司推出了第一款电脑，以它特立独行的设计，傲视群雄，迅速地占领市场，即便后来他离开苹果公司，他依然执着地热爱着自己所做的事情。也正是如此，乔布斯才会引领着苹果产品，走向了其他竞争者难以企及的高峰，改变了全球人类的通信方式、娱乐，以及我们每个人的生活。

去年夏天，公司接到了一单标的，甲方是江苏泗洪一家酒业机构，正筹划建立白酒博物馆，宣传苏北的白酒文化，需要建设一座超大型古代白酒生产的作坊沙盘。但是难题在于，这家酒业机构关于古代白酒作坊的企划方案，仅仅停留在设想之中，连草图都没有，很多资料需要我们几家供应商一起协助创作。

我找到南京的好兄弟杨总，他对那苏北一片很熟悉，深谙中国白酒文化，并且他公司的主营业务是各种创意型展览展示，当一起商量这项业务的时候，我们聊到天亮，聊得非常兴奋。于是，在杨总的带领下，成立企宣小组，时间紧任务重，更为关键的是制作时间也非常赶，比我们同类型项目的时间周期还要压缩许多。

于是我们开始分头行动，驱车考察了国内多处的古代白酒生产基地和遗址，像江西的李渡、杏花村的汾酒老作坊。光是四川，我们就跑了宜宾、绵竹和泸州好几个地方，搜集了一大批第一手图片和资料。为了节约时间，公司的企划团队与我们线上沟通，同步完善方案。

事实证明，热情和激情是成就事业最基本的要素。接下来的工作，一切变得非常顺利，甲方对我们提供的方案非常认可。方案中关于古代白酒的制作工艺与工法的细致度，甚至让甲方的顾问，一位上了年纪的制酒老师傅也赞叹不已。在项目的庆功宴上还特意送上一壶自己珍藏多年的陈酿美酒，让我们一起品尝。不太擅长白酒的我，也倒了一杯，入口辛辣，之后甘甜和回香慢慢涌了上来，与平日里喝的白酒完全不一样。

我们做沙盘其实和做酒一样，从土地里生根发芽的，经历了成长与收获，经历了烈火与发酵，只有经历了这些，才有资格品味回香，凝聚永存。

这单业务结束的复盘会议上，我对杨总和负责的同事表达了感激，同时也在想，一个人的能力有多大，或许在出生的那一刻已经命中注定，但对于事物的热情，足以抵消能力上的所有差距。我也告诉与会的所有同事，如果你对生活、对工作逐渐失去了热情，那么就试着做一个乐观的人，它能唤起你们久违的热情，激发你昂扬的斗志。

有一句话说得好，人一旦真的忙起来，根本不会有太多复杂的情绪，人太闲，才会把鸡毛蒜皮的事情当回事，人只要胡思乱想，总是会乱了心智忘了初心。所以说，保持激情，刻意孤独冷静，有时候才是我们要做的。

总部公司小郭得知我开始写这本书之后，发微信问我：王总，你写的这本书，是关于成功学的吗？我知道小伙伴们喜欢收集各种成功学的书籍，比如陈安之的书、俞敏洪的书，还有很多市场上的各类激励鸡汤，其中也包括我办公室里一大堆卡耐基的管理学著作。可现在我不太愿意去读此类的书，比较感兴趣一些个人真实的经历，例如，日本导演是枝裕和的自传，茑屋书店创始人增田宗昭的管理日志，罗伯特·艾格的《一生的旅程》等等。他们表达的观点更接地气，能够让我们在努力的过程中，找到方向与能量。

　　然而个体主义的兴起，人人自恋的时代，很容易给当代职场年轻人的价值观，带来负面的影响。"一夜爆红，一夜暴富"和"天道酬勤，读书改变命运"的鸡汤法则，不比大师们差，一样有说服力。然而定义成功的话语权，并没有真正地掌握在个体手中。例如，包工头圈子的成功，是直播平台的规则定义的；拆迁户人群的成功，由汽车4S店的销售人员给制定的。当这一切评判标准变得模糊之后，很容易让低俗趣味的东西，影响着本该上进的一代年轻人。

　　在很多场合，我们都探讨过，任何企业的发展，都离不开新一代年轻人的努力和奋斗。他们实际上非常有才华，非常有主意，非常有能力，完全知道自己该做什么。翻开历史书，就能看出来，一旦到了关键时期，真正推动历史和社会发展的，都是这些满腔热血的年轻人。

　　对我们这样创业型企业来说，年轻人的推动力，以及对未来的储备，是一个很好的方式。随着公司入职的新同事越来越多，我们培训的工作量就会越来越大，其中也有很多刚刚入行的年轻人，也有来实习的大学生，我很想给他们一个直观的了解，对这个行业，以及从中能够总结出一些他们可以少走一些弯路的知识点。只不过，我希望在这个过程中，给他们前进的路上，增加一些沉重的东西，告诉他们我们的奋斗的故事，告诉他们什么是坚持的意义。感谢这个行业，既让我和同事们能够拥有了一份可以毕生追求的事业，同时通过这个行业，又能接触到很多优秀的朋友和优秀的圈子，提升自己的修为。

尤其是对于业务线同事来说，需要学习和提高的地方还有很多，比如对营销公关的理解，形象礼仪举手投足谈吐风格。这对于我们近几年新开的几家分公司来说，尤其重要。我们很多时候，努力去进入各种我们想进入的圈子，甚至试图想尽一切办法，比如参加一个饭局，攒一场酒会，蹭一次商务宴请。事实上，这些大部分是无用功，而且很容易让自己分心。我对公司的同事们尤其是业务线的要求是，做好自己，提升自己，努力做事情，只要做好事情一定会有人发现你，是金子就会发光不是一句谬论，丑小鸭放在哪里都会变成白天鹅。这是我们迈向成功路上的重要法则。如果你有梦想，请埋藏在心里，努力地朝这个方向去努力，已经足够了。

在很多场合，我会告诉小伙伴们，好的产品，是我们立足于这个行业的基础，也是客户认可我们最主要的方面。无论怎么样，赢得每一位客户的信赖，都将是我们成功的最终法则。客户朋友们与我们达成无缝对接的合作，或者行业外的沟通与交流，是源于我们团队每个人精气神里拥有着不一样的东西。其中的能力，不仅仅是我们专业方面的领域，更重要的是作为志同道合的朋友，能够为别人解决哪些问题，才是业务合作中最值得升华的部分。

曾经在广西合作过的一位开发公司营销总，成功地转型做了影视剧导演，令我们感到诧异，于是就跑去找他了解情况。在忙碌的职业生涯中，在别的同事下班后歌舞升平纸醉金迷的时候，他坚持每天回到家学习创作剧本，学习导演知识，研究各种影视剧，总结各路表演风格。我倒不是鼓励大家转行，只是想说在职业生涯的发展过程中，也要尽量丰富自己的人生，利用好每一天，去做有意义的事情，而不是将宝贵的时间和精力，用在无效的消耗之中。

实际上，成功学对我来说，简直是可笑的。我曾经参加过成功学的课程，至今也很讨厌其中热闹起哄的部分。那种场景让每个人深陷其中，对台上的讲师所说的话，深信不疑。在那种场合，你没办法和身边的人交流，你不知道对与错，你也不知道谁是骗子谁是圣人。那一瞬间我们失去了独立思考的能力。

独立思考真的很难吗？丁磊先生在网易的直播间里曾经说过：我们选人最重要的素质是"独立思考能力"，这是绝大多数刚入职的青年人所不具备的，这需要花很长的时间去历练。所以说，独立思考，是一项需要专门定向修炼的能力，因为我们每个人都有不同擅长的领域，甚至在我们公司内部，每个人擅长的方面不尽相同，这需要我们利用好时间，去充实各种复杂的知识储备，练就独立思考的技能。笛卡儿说过，我思故我在。因为我们唯一能确定的事情，是我自己思想的存在，这种已成的观点，练就了我们朝这个方向努力的动力。

事实上，当我们不再人云亦云，不再拾人牙慧，不再被一切不确定的观点所蛊惑，对事物持有怀疑的态度，并且努力去证明。尤其我们身处当今的数字经济时代，被加工的数据，处理过的信息，这里面的真实性往往很值得我们自己去推敲，带着怀疑论去看待问题，一定会发现这个世界不一样的地方。尤其是自媒体盛行的时代，每个人都可以自由表达自己的观点，这是可取的。然而，如何辨别纷杂的观点和信息，对我们的知识和认知的储备，有很高的要求。

在一次工作之余，与同事们聊起如何判断成功学的传销课程与正规课程。其中一个重要的判断要素便是这个场合里声音大不大，你能不能与身边的陌生人进行言语交流。成功学的课程在我们学习的过程之中，一定会一直保持在亢奋的状态，整个人血脉偾张，肾上腺素急剧上升。然而当我们离开之后，却觉得全是废话一堆，连拿出来几句与朋友们吹嘘的资本都没有。而真正的课程培训，是相互之间的探讨、沟通与理解，经过对职业生涯这些年的总结来看，三两个朋友在一起沟通，哪怕是务虚的闲聊，也有着不一样的收获。

所以说，我们做模型沙盘营销业务也是一样，每个人都需要空间，我们需要，客户也需要，要留有足够的空间给每个人。让客户们可以反省，可以自责，甚至可以推翻前期的规划，我们要做的，除了配合之外，还有做好服务、保持聆听、相互尊重。

小郭引起的我对成功学的思考，几乎改变了这本书后半部分的成书思路。事实上，我的经历又算什么呢？只不过是一次记录的集合，或者说是很多个小故事集合。人生也是一样，当我们在困顿中，就一定会设法寻找出路，寻找方向。我会告诉同事们如何积极主动地去关心自己的关注圈和影响圈，以及社交圈。尤其是每个人都应该寻找到属于自己的业务圈层，去影响身边每个人，影响身边每件事，如果能做到这样一点，你就一定能够改变整个世界。

大约从今年上半年开始，我要求公司有兴趣的同事们，认真地去读一读《论语》《道德经》等经典著作。这里面有着指导我们每个人方法论的东西，也有着至上的指导学问，我们很多人在面对事物发展的过程中，很容易因为认知的受限，而放弃一些高效的行为习惯。老祖宗几千年留下来的东西，一定是经得起时间的考验。

在我的办公桌上，曾经贴着这样几句话：积极主动、以终为始、要事第一。这三个好习惯，是南京那位作家朋友通过微信分享给我的，后来我把它称作"十二字方针"，这已经成为公司企业文化的"九阴真经"。刚开始，从字面意义倒没有去深入了解，然而通过慢慢的体会之后，发现其中的奥妙之处，逐渐地成为整个公司做事和方法论的习惯，让所有人的人格从依赖型，慢慢变成自立型、独立型。

在筑榜模型初创那两年，大多数同事经验不够丰富，而且很多人从业年限比较短，就像一个孩子一样，依赖着师傅手把手地教，手把手地带。当时我和公司几位年长的"老兵"一起聊，怎么样才能让他们快速成长。首先便是让所有同事积极主动起来，如何积极主动？前提一定要实现人格的独立。我们在上学的时候，有很多学霸，到后来工作生活过程中，他们未必就比那些学习成绩欠佳的同学表现得要好，有时候甚至更糟糕，为什么呢？其中一位"老兵"道出了缘由，因为学霸只相信自己，学霸觉得我能够成功就是靠我自己学习好，他缺少的是从独立到互相依赖的跳跃。毕竟独立型人格，是我们每一位职业经理人迈向成功的重要一步，也是我们整个团队追求的一个目标。

这个方法论深刻地影响着初创团队里大部分的年轻同事。刚刚加盟公司的时候，有的孩子甚至连笔记本电脑都不会使用，更别提独立自主的设计方案了。那个阶段，我们在与同类型公司竞争的过程中，面临的只能是零和博弈。这种零和博弈带来的是一次又一次的阵痛，只有成功和失败两种结果，一旦失败，之前的几乎所有的努力会迅速归零。

很多时候，我们并不是仅仅输给同行，更多的是输给了自身经验的缺乏。找准了这一点之后，痛定思痛，决定带领所有的同事，跳出原有的思维模式，让自己变得更加积极主动，主动去沟通，主动去学习，学习各个门类的知识。

怎么学？当时我也没有拿得出具体的解决方案，便把公司的管理层召集起来，让大家拿出白纸，写出来自己缺乏的知识，以及希望提高的技能。办公室主任收集起来，我拿到办公室，关起门花了一个下午的时间来看。发现大家提到的东西，都是非常有必要的。比如，有人希望学习园林景观知识，有人希望学习口才话术技巧，甚至有同事希望快速做一套漂亮的PPT报告，我想这些一定是他们寄希望能够快速达成的技能。

直到过了好几年，再一次审视这些跟着自己摸爬滚打的同事，已经变得非常全能，做事情更加游刃有余。不论是各种制图工具的使用，还是汇报文件的撰写，不论是房地产的开发脉络，还是上下游产业的调配，都已经变得非常熟练。我有时候在想，是学习改变了我们自己，还是我们自己因为学习而改变，看着整个团队变得更加成熟，这是让我感到最欣慰的地方。他们在成长过程中，努力地保持着积极的精神状态，重要这股劲尚在，未来的梦想就不是一句空话。

哈佛大学教授塞德希尔发现，长期处于精神能量匮乏状态下的人，都会慢慢被环境所改变，并且形成了一种看上去缺失了某种东西的样子。我们身边有过这样的例子，童年缺少被爱和被关怀，成年之后，很难再获得真挚的感情。工作状态也是一样，成长在优秀的团队里面，每个人都会深受影响。

我不希望看到身边的所有人因为缺失，而变得堕落与衰退。这时候的人很容易去刻意掩饰，失去内心的自我满足。像扎克伯格、乔布斯这样的顶级富豪，我们看到他们永远只穿一件同样的衣服，因为他们不愿意花费更多的脑力去思考每天该穿什么，这样下来，一周就可以节约七次思考要穿什么的时间，而把更多的精力，放在有意义的事情上去。同样的道理，有了这样的一种习惯，就不会去透支自己了，可以每天抽点时间去学习，抽点时间去健身，抽点时间读读书，甚至抽点时间陪陪家人，都是有必要的。

随着房地产行业的快速发展，各行各业的知识充斥和交叉着，有时候打败我们的并不是这个时代，而是这个时代所赋予我们本该拥有的一切而没有能力去把握住。我们存在的意义，本就是改变这个世界，要么被这个世界所改变，不是吗？拥有初学者的心态是一件非常了不起的事情。我们一直在路上的时候，就必须一直拥有着初学者的心态。

即使是失败了，也要摆脱两种心态：一是避之不及的羞愧心态，二是自我安慰的一笑了之。我们很多次面对失败的投标，我总是会第一时间安慰跟进负责的同事：记得关注自己的目标就好了，其他并不重要的，只要你们能够在每一次的项目过程中，获得一定的成长，总结出对将来利好的方面，这甚至比完成这单业务更为重要。

记得在2018年6月，公司的市场部门搜罗一个信息。苏南地区一家连锁商业地产发展商，通过招投标获取一个很优质的商业地块，未来的布局将很大程度上改变这个城市的商业格局。而且我们预测这家公司的商业规划前景和独特的运营模式，成为行业内争相效仿的典范，后来我们达成业务合作之后，我经常把这个案例，分享给每一位同事。

当时，是镇江的一位朋友，作为引荐人，带着我去见了甲方的营销总。由于时间仓促，只是在楼下的临时会客厅聊了十多分钟，在这十多分钟里，由于我们的团队操作参与过深圳、成都和南京多个商业地产模型的设计与制作，所以这一块展现出来的经验和专业水平，深深地震撼了对方，让我们之间有了很多的共同语言。但不知为何，作为引荐人的朋友却似乎有一些别的考虑和想法。营销总几次想加我的电话和微信，全部被他拦了下来，理由还是需考察与判断，甚至最后我们的车已经发动了，营销总追到停车场要加我的号码，还是被这位朋友的各种理由给搪塞了下来。

当时我带着业务经理一起去洽谈这个项目，回来的路上，他问我："王总，这位营销总的联系方式我们都没有，后续怎么跟踪啊？"我笑了笑，胸有成竹地说："放心好了，既然他收下了我的名片，他们一定会找我们，不会再找其他家了。"果不其然，不到半个月时间，这位营销总带着他们公司几位主要部门的同事，来到筑榜上海公司，带着他们项目完善的方案与建议，与我们团队洽谈了整整一个下午。临走的时候，他握着我的手说："在商业地产操盘方面，筑榜是很多公司学习的样板，而对于营销道具的打造方面，你们才是真正的行家。"

这次的业务经历，对团队的影响非常大。让大家意识到，专业水平远远高于公关技巧。而组成专业水平的基础除了经验之外，更多是我们日积月累的学习，能够为客户带来最终目标的期许。我在公司很多场合强调，在人与人沟通过程中，核心的话术是少不了的，其中一点便是真诚待人，让别人感受到真诚，才是最重要的。

　　我找来业务经理的同事，要知道等待的这段时间里，他是非常忐忑的，几次想主动找关系再去与对方接洽，都被我拦了下来。告诉他：任何人对我们的评价只能反映出他是谁，而非我们是谁，包括那位引荐人，也包括我们遇到的所有业务参与对象。你不要因为别人怎么去看待你，你就改变了原有的计划。要知道，业务永远是机动的、变化的和发展的，在我们擅长的领域，一定会有志同道合的人高看一眼，只要相信我们的潜能永远无限，就已经很好了。我又想到了这一章的十二字方针：积极主动、以终为始、要事第一。

　　苏南这个商业项目的经验，有了更深的注解，在业务拓展过程中，积极主动往往一次就足够了。这对每位同事如何与客户方去沟通交流，并且很短时间内对我们感兴趣，其中关于客户的诉求，相关同类型项目的经验腾挪，甚至对于项目未来的发展与运营提出独到的见解，这才是最为关键的。这也许是我职业生涯几千个沙盘积累出来的一部分经验，以终为始，把目标定得非常精准，让客户能够顺畅地表达出他们的诉求，并且携手完成目标，实现未来的样子。

第十章

细节是成长的复利

　　模型行业对建筑规划设计的各个方面有着特殊的要求，对细节的严格把控是模型公司生存的重要标准。从踏入这个行业开始，我师从好几位师傅，有生产方面的师傅，也有业务方面的师傅。他们告诉我，模型行业是房地产实际操作的缩小版，二者从规划、设计到建设，手段几乎没有任何差别，这个过程中是不允许有丝毫误差的，这是行业生存的重要法则。

　　在前面的章节里，我对生产细节有过阐述。但对于我们整个团队来说，细节已然成了最为关键的话题，在细节的引导之下，不仅仅要求工作的细节，甚至一丝一毫的环节，可能都会影响着所有人的努力。一个认真把控细节的团队，是会在成长的过程中，收获巨大的细节复利。很多看似简单的操作，要做到完美并不是那么容易。在筑榜公司成立初期，支撑着每一天走下去的，得益于柴庆、田凯、田昌、郭艳涛、付陆旗等几位管理层十年如一日的自律，尤其是对细节的自律。

在2003年的一个普通的日子里，英国自行车运动协会的命运发生了重大变化。该协会是英国职业自行车运动的管理机构，通过多家知名猎头公司合作，聘请了戴夫·布雷斯福德担任其新的绩效总监。在他受命之时，英国职业自行车手已经碌碌无为了近百年，这么长的时间里，英国车手在奥运会上仅获得过1枚金牌。他们在自行车运动最大的赛事"环法自行车赛"中的表现更是惨不忍睹。110年以来，没有一位英国自行车运动员在这项赛事中得过奖牌。事实上，英国车手的表现太过平庸，以至于欧洲最大的自行车制造商拒绝向车队出售自行车，担心其他职业运动员看到英国人在使用同样的装备时，不愿再选购自家产品。

布雷斯福德被聘请来让英国自行车运动步入新的发展阶段。与以往教练不同的是，他一丝不苟地执行自己制定的"边际收益的聚合"战略，其基本理念就是：在你所做的每一件事上寻求哪怕是极细微的进步。

布雷斯福德是怎么改进英国自行车队的呢？他要求所有的团队遵循一个原则，把整个运动所涉及的环节分解开来，然后把每个拆解出来的部分提升1%。比如，他们重新设计了自行车座，使其更加舒适；并用酒精擦涂车胎，以获得更好的抓地力；他们要求骑车者穿着电热套鞋，以便在骑行期间让肌肉维持理想的温度；并使用生物反馈传感器来监测每个运动员对特定锻炼模式的反应；该团队利用风洞测试了各种织物，并决定让他们的户外车手换上室内赛车服，后者被证明更轻便，空气阻力更小。另外，他们还聘用了外科医生，教会了每位骑手最佳的洗手方式，以降低患感冒的概率。他们为每位队员专门选配不同类型的枕头和床垫，确保队员们获得最佳睡眠。他们甚至将团队卡车的内部漆成白色，这有助于他们发现一些灰尘，这些灰尘通常难以被察觉，但是会降低精心调校过的自行车的性能。

随着这些和其他数百个小改进的积累，收效之快出乎所有人的意料。布雷斯福德接手仅仅五年不到的时间，在2008年北京奥运会的公路和赛道自行车项目上，英国自行车队出尽了风头，并夺取了该项目60%的金牌。当奥运会四年后转战伦敦时，英国人的惊人成绩再上一层楼，打破了九项奥运会纪录和七项世界纪录，让世人惊叹。据说我们国家乒乓球队刘国梁教练，带领各级教练组团队，深入系统地学习过布雷斯福德的管理体系，并且在细节上加以改进，连世界顶尖的国乒都能如此重视细节的把控，我们为什么不能这样做呢？

为了让客户到公司参观的动线更为顺畅便捷，同时又能将公司最有价值的一面，展现给我们的客户，可谓做到了无微不至。比如，我们把公司的无线密码设置得非常简单，要求每位员工熟之于心，客户来到公司无论是电脑还是手机，均能方便地打开使用；比如，客户来到生产车间，要求在参观的这段时间里，大噪声工具要及时关闭，因为很多开发商客户难得在百忙之中抽出时间前来参观，对方案、验模型、抠细节，他们往往提出的建议和想法是非常重要的，我们要能够确保不落下任何一点指示。这样的例子还有很多，甚至给客户泡的茶与咖啡的温度，会议室空调的温度，观看投影的角度等等，我们都会有着严格的要求。

这样的细节把控，可能一天两天发现不了什么，几个月甚至一年也没有什么改观，我也知道过程中也有小部分同事颇有微词，总觉得这些精力花得不值，直到有一次，一位客户朋友到了郑州公司，委婉地提出建议，希望公司的所有同事，每周抽出半天的时间，一起组织一场扫除，把办公空间、生产车间给打扫一遍，不留下一处灰尘，甚至卫生间的各个角落都做到一尘不染。半年之后，柴庆告诉我，当这个习惯坚持下去之后，发现公司每个人的积极性变得非常高，归属感也非常强，更重要的是许多慕名前来拜访的行业内的朋友，对公司的整体形象赞叹不已，相信把模型业务交给我们一定不会错。

去年夏天，我给集团所有同事推荐过一本书：《扫除道》。书中，作者总结了扫除的五个理由，使人谦虚、成为有心人、培养感动之心、萌生感恩之情和磨砺人性。这并非夸张，而是打扫卫生这样一个小细节，传递出来的生活态度，让微小的正能量，像小火苗一样，累积成一束火把，照亮每个人心里的角落。且不说一些小事，就凭借我们在打扫卫生间的时候那份认真和专注，这件小事，就会变得非常有意义。

我有时候在想，这些细微的变化，其实单独拎出来去改变，一定不会发生任何神奇的功效。相反，在很多人看来，这可能是奇技淫巧而已，充其量只是创造了一些不同，可是为什么有如此惊人的变化呢，为什么一个个小小的改进会积累出如此显著的结果呢？

很多时候，我们很容易高估某个时刻做出的决定，而这个决定会成为重要时刻的发端，同时也很容易低估每天微小的改进所产生的价值。无论是创业还是其他，经常会说服自己，大规模的成功需要大规模的行动，也会给自己无尽的压力，让自己努力做出一些人人都会谈论的惊天动地的改进，然而，改进的1%往往并不特别引人注目，甚至微小到尘埃，但从长远来看，一定是非常有意义的。然而，这需要长时间的坚持，能够上下一心，从极度微小的方面，努力地去改变，一定会实现惊人的成功。这是自然界赋予人类的发展规律，只有理解了它，才会真正地理解这个世界真正的样子。

前年公司新来的一位同事，口才不错，情商不低，房地产业务也能拿得出手。派出去与发展商谈业务，很受客户认可，而且领悟能力特别强，专业知识学起来很快。公司同事对他唯一的诟病是基础的电脑文档操作水平很差，自己很难独立完成最基础的端口操作，这对业务的组织并达成，有着很不好的影响。而我是要求所有的业务线同事都可以独立完成项目方案和投标方案的，这会大大提高公司各板块的效率。并且这项举措在公司内部上会讨论而通过，为此从一开始缩减了策划部门编制，业务线的同事身兼多职，缩减公司开支的同时，同事们的能力也得到了很大程度的锻炼。其实，如果连客户的方案都没办法写清楚，何谈指导和配合生产部门进行工作。

一天中午，我把这位同事叫到了办公室了解情况。他本身对电脑的方案操作心存排斥，一方面受限于文化知识基础，更重要的存在畏难情绪。这便是我在前面章节里提到的能力陷阱问题，一个人过于信赖自己天赋中自带的能力，就很容易排斥其他知识的纳入。于是，我把我的方法传授给他，每天可以坚持学习一些知识点，哪怕一个都可以，比如文档的行距是什么样的快捷键，比如怎样调整表格的宽度，比如合并单元格可以用哪个快捷键等等，从每天学习一个，到每天学习十多个，循序渐进。我严肃地对他说："每天下班之后，单独跟我汇报，今天学了哪些，并且在电脑上操作给我看。"刚开始，他有些排斥，觉得这些东西有些枯燥无味，甚至有着放弃的打算，可是越做越发现自己缺乏的知识太多，越来越有着强烈的探索欲望，坚持一年下来之后，果真有了可喜的变化。不但能做出很漂亮的表格，也能独立做出公司的标书和汇报方案。

这种变化不光他自己没有想到，包括身边的同事也觉得很是诧异。我们很多时候在试图着一蹴而就，可是每一个真正的成功不都是努力之后的拨云见日吗？我们眼中忽视的极其微小的一个细节，在一次次日积月累的过程中，就会成为成功的坚实基础。就像以前一位师傅语重心长地告诉我，能力在手中，谁也抢不走。相反，如果一年中我们每天都退步一点点，你现有的任何东西很快会降到几乎为零。一场小小的胜利或一次小小的挫折会累计完成更多更大的数量，这是让人难以想象的。

在一两天的时间里觉不出任何不同，但在数月和数年后会发现它们产生了巨大影响。只有在过了三年、五年甚至十年后再去回顾时，才会发现好习惯的价值之高和坏习惯的代价之大令人瞠目结舌。

我们在零零碎碎的工作中，见招拆招，步步为营，段段分解，用这个方法，可以很快找到成功的捷径。有人会反驳，成功并没有捷径可言，只有靠脚踏实地的努力。这二者其实并没有矛盾，如果有好的方法，并且能够坚持练习，团队何谈不能快速提高？在公司的发展过程中，无论是总公司，还是郑州、南昌和广州公司，虽然很多时候，管理风格不一样，管理方式各有所长，但是发展的过程，我们都在努力地坚持1%法则，从中赢得细节的复利，这才是我们日积月累之后，看到的不一样的地方。

细节的复利在某些时候，往往可以快速提升自我的价值。这里不得不提到我的老搭档郑州公司总经理柴总。他是一个高效工作才会让自己满足的人，对产品的细节把控严格，同时还具备了独立解决问题的能力。当初董事会派他到郑州，主要看中了上面的几项能力，更重要的是，对细节的把控过程中，更显得游刃有余。大概截至去年年底，郑州公司已经累积了上百件优秀的作品案例，这不单单是工厂化运作的产物，更是柴总带领所有同仁把控结果的水到渠成。

我在很多场合中，把这样一种细节复利与生产力的提高进行结合，这将是模型工业一次史无前例的创新。

郑州公司推行的"生产力创新"，是值得筑榜所有的分公司和事业部来借鉴的。长期来看，作为运营优秀的区域团队，很大程度是享受了细节把控带来的复利。要知道，当一个团队变成一个高效的运营机器，想法变成现实，人人尽职尽责，个人生产力技能全面放大，在这个层面来说，已经是非常成功的了。

当然了，构建这个基础，离不开不断学习的心态，每个动作做到精简并且形成一套自动化的流程。我在他的办公室墙上，看到这一行字：比满意更进一步的是完美。在一些小细节上，做到了更好，往往能带给客户更好的体验。对于中原市场来说，房地产营销体验的前置，给我们行业带来了新的机遇与挑战，无论是产品工法展示、沙盘模型体验展示、规划展览展示、虚拟3D产品展示等等，已经产生了极大的累加效应，体验的附加值红利，开始被下沉到三、四线城市的地产公司，而且复制能力极高，这给我们这些品类的供应商，带来了业务便利的同时，也提出了更大的要求。于是，在新的发展机遇之下，创新和细节如果不及产品本身，很容易会压缩小我们的生存空间。在很多次郑州公司的提报方案里，不单涉及产品细节的本身，更能体现我们的用心程度。

举个例子，曾经接到三门峡一家本土地产商发来的投标函。这是一家成立于20世纪90年代的房地产开发公司，在市区和下辖县镇开发了多个楼盘，区域内形成了一定的品牌效应。然而整体思路过于陈旧，景观规划、建筑规划等还停留在十几年前的水平，与我们对接的营销团队水平也无法跟上节奏。相较于周边竞品和城市竞品来说，已经很难体现出优势了，毕竟沙盘模型产品制作的第一遵守的要务便是"尊重规划，不涉浮夸"。

巧妇难为无米之炊，这样的产品对于我们团队来说，着实为难。为此，投标的同时，给对方发了一套备忘录简案，是关于周边产品与本项目产品的各项指标对比，其中包含户型设计、外立面材质、园林绿化，甚至营销中心的规划图纸我们提出了新的设想。甲方在收到了备忘录简案之后，对我们团队的用心程度非常赞同，并且逐条地改进，虽然开发周期较预期延迟了半年左右的时间，可是等产品亮相之时，赢得了市场的一致认可。

这样的案例还有很多，河南很多本土开发商，在我们的影响之下，也逐渐地开始走出来，学习一线城市的房地产开发经验，并且把优秀的、值得称道的地方，运用到自身的开发过程中。对于我们团队来说，又何尝不是一次学习的过程呢？行业竞争的法则与我们的业务不一样，并不是零和博弈，而是携手并进，在打通房地产开发业务过程中，各行业的供应商层面，我们努力用细节去实现业务的扩张，这已然为将来我们公司扩张至北京、成都等大区，积累了非常好的经验。

事实上，完美的产品意识，已经成为柴总带领下郑州公司的生存法则，在郑州公司影响之下，南昌公司、广州公司也争相学习经验，耐心地从小处出发，大处把控。细节复利的意识真真切切地深入每个部门每位同事的心中。当我们在思考着构建成功法则的时候，往往最终会发现，细节可以战胜一切。

第十一章

关于原生公司

无意间提出原生公司的想法是在一次项目例会上，田凯替我做的总结，当时也就这么随口一说，回看会议记录的时候，越发觉得这句总结得很好。这是源自原生家庭的知识理论，它对很多人都产生了很大的影响。这个说法在近些年非常流行，尤其是针对儿童心理学的研究过程中，通过原生家庭和新生家庭的对比，来推导出人这一生的性格、行为、习惯等规律。

大多数人会在成长的过程中，表现出来的性格与变化，与成长环境有着密切的关系。心理学告诉过我们，人生的发展，幸运与不幸运，与原生家庭的关系非常大。例如，我们很多人喜欢的作家张爱玲女士，从小继承了她母亲的才华，创造出许多部优秀的文学作品，可是却因为缺少父爱，从小缺乏安全感，对别人施舍过来的一点点爱，都会不加判断地珍惜不已，最后总是会遇人不淑伤痕累累。许多张爱玲的研究者认为，要不是胡兰成的出现，随着张爱玲中年之后的沉稳，一定会创作出更多更优秀的文学作品。

这是一个生活环境对人影响的问题，每年高考之后，我总会有个习惯，去看一些主流媒体报道高考状元的家庭教育经历，总会能得到几个相似的结论。比如，优秀的孩子家庭幸福指数会很高，孩子的人格表现就会非常健全，不会出现患得患失、锱铢必较、自私自利等不太好的性格。这种习惯，挪到公司来看，逻辑也是行得通的。就像公司的员工，与家庭里一天天长大的孩子一样，在成长的过程中，无论是工作习惯、工作态度还是能力的发挥，都与这个环境有非常大的关系。所以说，不论是原生家庭，还是原生公司，在人的成长过程中，都是值得研究的。

从原生家庭的概念，衍生出原生公司，对我来说，是一个理论上的创新。我们一边在努力创业，一边在摸索着真正属于我们具有筑榜特色的管理之道。毕竟，每一家公司都有着自己独特的生存方式，都有着属于自己的管理密码。随着这些年的不断发展，每个人在实现凤凰涅槃的同时，我们也总结出了很多个管理理论，"原生公司"便是其中之一。我们把公司当成母体，包括我在内每一位同事，都是生存在这个母体之内，我们的行为习惯、做事方式，总是会被这样原生的形态所改变着。比如，我们拥有着独特的业务操作方式、我们拥有着"粗中带细"的管理准则、我们拥有着权力下放到一线的"赋能"水平等等。这样的原生状态，真正切切地影响着所有人，也使得公司在发展的第一个五年，即将超额完成原定的计划。

对于刚刚来到上海这座城市发展的年轻人来说，从发展过程来追溯职业生涯的履历，往往会照搬来之前的生存状态，这种潜移默化的影响，无时无刻不改变着我们、引导着我们，这是一种原始的投射，融入成长的血液里，直至无法改变。我们身边的一切，全都是影响着我们行为的重要因素。很多同事，从老家来到上海，没有高学历，也没有一技之长，缺乏成熟的社会经验，尤其是在价值观和世界观的树立过程中，迫切需要优质的环境，告诉他们什么是正确的东西。

为什么有些人职业生涯非常痛苦，究其原因，可能是选错了行业或选错了人。可能在原生公司里输入了比较不好的行为习惯。譬如说，有些人的工作习惯是朝九晚五，而且认定了这种习惯，甚至认定自己的工作效率很高，但是，很多行业，会要求他们朝九晚九，这样就很难适应下去。因为社会竞争的压力过大，对于民营企业来说，想按时上下班，是很难的。当然了，也有很多年轻人，痛恨加班，表示谁让我加班我就离职。这种原生公司带来的惯性，无论是好的一面还是不好的一面，都深深地影响着每一个人。在职业生涯发展的过程中，优秀的原生公司给年轻人带来的价值观引导，是非常关键的。我们企业管理层，在提高业绩的同时，也要将打造优秀的原生公司，当做肩上一个重要的工作任务去执行起来。

2019年下半年，随着高速公路ETC加速普及，交通运输部门发文公布了五年内取消人工收费的决定，广大的收费员面临下岗，一时间话题引爆网络，在我们公司也引发了相关的讨论。一名女收费员在线哭诉，自己最好的时光给了收费站，可现在年纪大了，也不会什么技能，再转行也晚了，不知道今后怎么办。冷静下来思考，这名女收费员难道一直就没有危机感吗？电子支付的普及悄然改变着我们所有人的生活，每天坐在收费窗口前的收费员们，难道没有意识到吗？如果她从那个时候就开始思考接下来自己要做什么，不至于有这样的心态吧。

当然了，我相信这位女收费员还有很多同事，都有着类似的经历与感触，因为这是原生公司带来的价值观，从根子上就已经注定了。当他们已经适应了这种生活和工作的轻松度，是很难再去面临一个全新的挑战的。很多时候，稳定的事业单位工作环境里，有人在抱怨不愿意去过着一眼就看到头的生活，也有人在幻想走出去看一看外面的世界。其实，如果不去改变原生公司带给自己的影响，不管怎么挣扎，也还会活在工作的习惯里，无法自拔、深陷其中。每个人在漫长的职业生涯里，能够抓住难得的几次机会，去发挥自己最大的能力，这才是最关键的。关键是自己是否愿意去改变，是否愿意真正地行动起来。

从上面这个小小的案例里，我开始反思我们自己的原生公司：除了能够给所有的同事们带来一份为之自豪而去奋斗的事业之外，还能带来些什么？我们不仅要学会做模型，设计模型，组织模型业务，更重要的如何带领所有的同事提高自己的反脆弱能力，我们可以有很多事情去做。比如学习摄影、学习拍视频、学习写优秀的推文，甚至用心地发一篇朋友圈，给我们产品做更高层次的宣传与推广，不更好吗？

每个人骨子里其实都有一种趋利避害、追求舒适的本能。多数人希望仅凭借现有的认知就可以很方便地生活下去，而且可以活得很好。然而随着科技的发展，技术革新的日新月异，原有的认知在不断地被打破，如果不在一个团队里思考未来的方向，单单依靠勤奋的努力是很难获得成功的。

随着原生公司的文化深入每一位同事，我们已经形成一种默契，开始思考勤奋与原生公司的关系，以及原生公司带给我们有哪些深远的影响。毕竟，创立公司的初衷是给所有同事带来一份可观的收入，有一份稳定体面的工作，更让我们有一个平台在一起创业发展。在这个基础之上，还能给大家带来什么，这是需要我们所有人在一起集体思考的。

我阅读了有关的书籍，一方面平时难得抽空陪伴两个孩子，关于孩子的点点滴滴，成长过程中如何发展有些困惑，试着从书中能够找到关于亲子教育的方法。另一方面，我开始关注模型行业里，去研究很多职业经理人的职业生涯发展，这与他们最早所在的原生公司，有着非常大的关系。我带着公司HR部门负责人，收集了近十年上海模型行业里职业经理人的资料，并系统地对他们进行分析，同时也得出了很多有意义的结论。

创立筑榜模型之前，我只服务过一家模型公司，几乎没有其他同行业的从业经验。从生产到销售，再到对客户的维护和服务，经历过的点点滴滴都是常人难以想象的。那段时间里，收入并没有提高多少，在上海买套公寓也只是一种奢望。然而我在这家公司学到的东西，并不能简单地用收入的多少去衡量。事实上，我们很多人在职业生涯中，收入的取舍是非常重要的一个方面，它决定了在这家公司是否能够真正地融入进去，并且能够学到自己可以受用一生的本领。法国作家雨果曾经说过，即使一个人失去了所有，也有两件事情永远不会被剥夺，一个是真正的朋友，另外一个便是自身的本领。在职业生涯从业过程中，一再强调自身的反脆弱，究其本源，是如何把自身打造成一副金刚不坏之躯，拥有一套谁也拿不走的本领。

曾经一位老领导对我说过一句至理名言："跟个好的，做个老的。"这句听上去很朴实的八字箴言，被我一下子给记住了，其实这正是对原生公司最好的注解。当我们选择公司开展职业生涯的时候，或者通过创业带领着一帮兄弟发展的时候，往往这样的原生公司，改变的不仅仅是公司的前景，更是一批又一批年轻的职业经理人发展过程中，职业观和价值观的一次又一次历练。先努力把自己变成"好"的，再找个"好"的，影响着身边每个人变得更好，接着做个"老"的，一起打造出最优秀的原生公司。

直到创立筑榜模型之后，我开始审视同事们的发展状态。有一部分同事，是从业之后一直跟随着我，也有很大一批同事，从河南、安徽老家来到这里，几乎身无一技之长，处于职业的迷茫之中。公司对他们来说，是第二层级的"原生家庭"，我把筑榜称之为他们真正意义上的"原生公司"。阿德勒曾经说过，幸运的人，一生都被童年治愈；不幸的人，一生都在治愈童年。一家好的"原生公司",可以治愈每个人的职业生涯,工作中无论遇到了什么困惑、难题和挫折,公司的治愈能力都变得非常重要,就像茫茫大海里的闪着光的灯塔,无论遭受多少艰难险阻,心里总有一个温暖的家。遇到困惑不怕,有优秀的同事帮助你,遇到难题不怕,更有经验的同事会帮你解决,遇到挫折更不用怕,每一位同事会像一位位家人陪伴你左右。

于是,这样的"原生公司",在所有的同事共同经营之下,慢慢地形成属于自己的价值观和职业观。他们很多人来到上海之后,表现出来的状态是缺乏归属感,有一定的自卑,也有一定的困惑,但同时却有着很强烈的自尊心和上进心。随着公司的发展,原生公司的能量已经开始下意识地影响着所有人,并且在这种正能量的影响之下,大家的内心变得更加强大。

作为模型行业内第一批研究原生公司的团队,其中的意义可想而知。这对于团队的发展和企业价值的体现,一定能够创造出属于我们自己的文化。在前面的章节里,我针对公司的企业文化,做了深入的剖析。可事实上,原生公司企业文化的最大价值往往体现在每一个个体的改变中。这里就不一一举例子了,目前公司很多位中层管理团队,正是当初认同了筑榜的企业文化,并且一步步跟着我们一路前行。正是这种对企业的认知态度,让公司能够在一次次的行业竞争之下,稳步地发展下去,在面临一次次房地产行业的变革的时候,能够快速地调整策略。

职业经理人好比一台运行良好的电脑,平时我们看到的电脑界面是我们需要看到的界面,但是决定呈现这些界面的程序,却隐藏在电脑里已经编写完成的程序里面。往往这些看不见的程序，却操纵着我们每个人的行为。也许那些我们看不到的东西，才是最有价值的东西，每一家公司都是一家保密机构，核心的管理文化是很难学来的，我们很难照搬照抄同行业优秀公司的经验，只有在不断的摸爬滚打中，才能实现发展过程中质的飞跃。

随着公司稳步的发展，越来越多的同行业职业经理人选择来到我们公司。他们带来了不同的企业文化烙印，有特殊的专业能力，也有行业内的资源标杆。我希望公司的员工不论是跳槽转行，还是分配到筑榜其他分公司，都不要忘记原生公司给每个人带来的改变。举个例子，在一本原生家庭的畅销书里，读到这样一段：许多人童年经历过的一些非常强烈、痛苦的经验感受，往往使当事人在不知不觉中，做出影响一生如何待人接物的重大决定。

有一个非常漂亮、品学兼优的女孩子，找了几次对象，每次总是会找条件比自己差很多的男孩子，相处一段时间之后，又觉得勉强了自己而分手。原来，在她六岁的时候，父母离异，母亲为了养家不得不做几份工作。有一天晚上，母亲还在工作，她一个人回家，看到漆黑的房间，冰箱里什么吃的也没有。这种孤独凄伤的感受如此刻骨铭心。从此她做了一个决定——绝不要被人抛弃。所以她找对象的时候从来不敢找和自己一样优秀的男孩子，生怕被优秀的人给抛弃。

这些潜意识中产生的"隐形的内在誓言"，常在当事人生命中最重要的人际关系上，造成决定性的影响。这个影响一生的决定，当然了，并不一定是坏的。只不过它曾在你人生中某一阶段保护了你，对你有帮助。只是到后来，当你的人生环境改变时，过去这保护你的行为在新的环境里，反而变成了阻碍。人际交往的障碍，很多是来自自己的原生单位，它带给你一生的改变是巨大的。

在职场上也是一样。我遇到过很多人曾经引以为傲的能力，却在时代的发展洪流中，很容易变得很脆弱。公司曾经入职了一名同事，在大学时期学的专业是数码摄影，供职过上海好几家不错的传媒公司。但在如今自媒体发展日益发达的今天，手机摄影和短视频影像成了新的主流，他的数码摄影专业的生存空间，被挤压得很厉害。

去年他来公司面试企划宣传岗位，我有过一个想法：以他为核心，成立公司的品牌部门，为所有分公司提供品牌支持，将我们所有服务的模型业务，拍摄成视频和照片，留下影像资料，通过自媒体进行传播。我曾经试图收集职业生涯做过的沙盘影像资料，但发现大部分都已经缺失了。我可不希望未来筑榜也会出现这样的情况。可是这位同事依旧沉浸在曾经的专业领域，对移动自媒体的拍摄学习，一直嗤之以鼻，深陷于原来的专业术语之中，以至于他拍摄的水平还不如我。

原生公司与原生专业也是一样，打好基础的同时，也能够通过适合的机会，努力地去提高自己，才是职业生涯有机会取得飞升的不二法门。如果一个人沉浸在原来的生存体系，不愿意跳出来，那么容易被固定住，很难挣脱开。

当我们一起努力建立一家优秀的原生公司，带来的企业红利，一定会是一笔无穷无尽的财富，从上海总公司分配到各地分公司的同事越来越多，有高级管理层，也有一线生产的同事，他们不仅仅带着在上海公司摸爬滚打积累起来的宝贵经验，更加学会了利用原生公司的基础积累，在新的分公司，因地制宜，根据不同的市场情况，开展不同的应对策略。

尤其是今年以来，工作中最开心的时间往往是午后，窗外大片的阳光。工作之余，会叫上老田，让他去车间食堂，炒两碟菜，哥几个喝上几杯酒，拉拉家常，聊聊工作。与其说我们是在打拼一番事业，倒不如说是在潜移默化的积累中，用生命里最倔强的顽强，实现自己最初的梦想而已。

多年前一位客户，现在是福州一家地产公司的区域总，有一次见面，酒过三巡，我向这位亦师亦友的大姐讨教点人生法则，她便送我四个字：心想事成。有个数据统计，当作一件事情的时候，如果你心中总是在想着无法做成的时候，成功的概率至少下跌30%，当你的心中在想着这件事一定可以完成的时候，成功的概率甚至会超出50%。虽然这个说法有些绝对，当我理解"心想事成"这四个字之时，也突然明白了信念的重要性，这玩意儿根本不是说说而已的，它代表着心中所想，想的事情是否能成，更是一种对成功的渴望，也是一种对自己的努力充满了信心。

在十几年漫长的职业生涯里，回顾自己经手过的若干件沙盘模型，一件件事如同电影胶片一样，在眼前播放，这算不算一种积极反馈，也算不算一种心想事成呢？有时候，我在想，人生的下一阶段的任务会是什么？做更多的模型？还是创办更多家分子公司？对自己来说，建立好属于我们自己的原生公司，回归最初的梦想，开启圆梦之旅，过上心想事成的日子，让一切成为人生中最好的安排。

第十二章

自己导演读书会

从2018年开始，国家倡导"全民阅读"的热潮，逐渐影响着身边的每一个人。国内各种读书平台如雨后春笋一般冒了出来，倡导全民阅读，各种企事业单位性质的小团体读书会，也纷纷成长起来。上海公司所在街道文化站的负责人来办公室找我，聊起了关于全民阅读和全民读书的一些想法。他们想听听我的意见，看能不能利用我们的平台和场地，开展一场读书运动。文化站的朋友还提出了一些想法，比如建立读书基地，比如利用街道里各个厂区闲置场所建立读书角，让区域的老百姓，积极地参与进来，让阅读成为文化生活中最重要的一部分。

在前面的章节里，我有提到过关于读书会的建设意见。对于读书活动的组织，我是非常看重的。也极力要求公司的员工，投入到阅读之中，从书中找到人生的答案，从书中找到生活的意义。同时，公司一直在有组织地倡导所有同事，参与到阅读的过程中，通过读书，提升我们的能力、提高我们的认知。于是在这个大环境的影响之下，从上海公司开始，发展到每一个分子公司以及事业部，甚至包括一些同事负责三、四线城市，公司开始着手以"读书会"的形式，统一起来，将筑榜品牌文化，进行输出。

有时候，阅读的习惯，是靠氛围养成的，一个学习型公司，很多时候会拥有一种天生的精神力量，支撑着所有人前行。

人们常说，面对生活的种种不确定，要懂得珍惜，活在当下。然而很多时候，知易行难，我们生活和工作中有很多压力，并且面对漫漫人生的旅途中，免不了有许多坎坷。好在还有阅读，我们可以从中找到答案，找到新的认知，忘记短暂的不快。这很容易让我想到公司创立这些年，有过成功也有过挫折，我们是如何一路走过来的，我们是如何面对一次次困境，从而去解决它并完成一次次人生的修炼。我想，这样的过程，才是最有意义的。

我在很多次公司会议的场合，告诉与会的同事们，要知道天地万物，包括人在内所有动植物都是有生命的，总是可以赋予一种极其惊人的求生生存的力量和惊人的扩散蔓延的力量，我们如何去和每一个生命去沟通，文字是一个最好的途径，它可以带给你们每个人不一样的奇妙体验。

生活往往是一个缓慢被鞭打和受锤的过程，然而读书却能够使心灵有了抵挡的能力。在这个意义上，无论是读书还是创业，其实不是给别人看的，也不单单是为了谋生。记得上初中的时候，我的数学老师曾经说过这样一句话：我现在所教给你们的数学课知识，很多内容你们一生可能都用不着，但是我还是得教，因为这些知识是好的，是有用的，是前人的智慧总结，应该让你们知道。

我们在很多时候，恰恰会忘记生活中能够给我们带来力量的东西，比如知识，认知天性里的改变，力量是无穷无尽的。一次务虚会，一位同事辩解说：王总，我的认知可能就是面前的一杯白开水这么多，再往里面倒任何东西，它都会溢出来的，所以说，我不用学习了。

言下之意是他不需要学习不需要进步了，现有的认知足够他吃喝一辈子了。我笑了笑：你再想想，确定什么东西也装不进去了吗？他摇了摇头：我确定。我对他说，你去食堂拿半杯盐来，倒进去试试。刚开始还不相信，转身跑到食堂拿了过来。倒进白开水之后，果真一滴也没有溢出来。我告诉他，人的认知是无穷无尽的，你掌握的东西在很多人看来，只是冰山一角，你要做到的是不断提高自己的认知，才能融入更多你想融入的圈子。要不然别人聊的任何话题，你都插不进去话。

这个经历对这位同事的改变很大，原本从不爱读书的他，每次出差，背包里总会放上几本书，闲暇之时，拿出来阅读一番，为人也变得谦逊很多。

获取知识的美妙之处在于，它是一个循序渐进、缓慢生长的过程。这个过程犹如抽丝剥茧、凤凰涅槃。王小波在《黄金时代》里也说过，人一天天老下去，奢望也一天天地消失，然而，书里的真善美知识，却是美好的。

　　两年以来，公司定期组织员工加入我们的读书会，或分享知识给别人，或听别人分享。我发现他们都有一个显著的变化，就是冷漠、木然、呆滞甚至靠习惯去维生的状态逐渐改变甚至没有了。只有不断修炼，不断改变自己，我们才不会被时代的洪流给淘汰。我们一方面对事业保持着激情，另一方面也对业务秉承着孩子一般的好奇，思路变得极为活跃和敏锐。通过经验的分享，也对各地房地产项目有了不一样的认知和判断。读书其实是孤独地渡过时间长河的，效率最高、收获最多、内心最为惬意的一种方式。

　　从上海公司开始，我们创立了自己的读书会，每周会组织一名同事，分享一本书，这样下来，至少每年我们可以读五十本书。这是一个效率非常高的低成本成长。接下来，南昌、郑州、广州等分公司和事业部，也会通过这样的一种形式，把企业文化和品牌形象更好地输出，达到提升自己帮助别人的最终目的。

　　一次线上会议中，我给几位分公司管理层交换了想法，希望未来我们的读书会能够形成独立的品牌，进而与房地产营销端口进行强强合作。现代社会是一个不断发展的社会形态，我们获得资讯的方式有很多种，但不可否认的是，书籍依旧是我们了解世界、获取知识的重要途径。阅读让我们从文字中汲取资讯，增进对世界的了解。交大的老师曾经告诉过我，当我们捧起书本的时候，其实我们正在探索这个世界，当我们遵循着内心的力量，通过书中的字句去理解这个世界的时候，我们就会实现自我的升华。

信息化时代大多数人会接受太多的碎片化信息，很多人会觉得我每天可以读多少篇新闻、多少篇公众号。阅读的能力却不升反降。阅读应该是基于建立"自身认知"的过程，刻意地去避免太过于重复、同质化和短平快的信息，应该主动地让自己投入一种"生长缓慢"的阅读状态之中，这也成了在公司创立读书会一个基本初衷。我一直认为，主动阅读一定会获得心灵和精神上的成长。在书中找到自己想要的解决的问题，在书中去认同或否定作者的观点。我们正是处于这个主动阅读过程中，建立个体与书本的联系，通过阅读寻找人生的答案。这个过程，正是阅读的艺术魅力所在。

　　直到增加了足够多的阅读量，就会发现读书也是一个人生修炼的过程。它不应该被一些碎片化的东西去取代阅读原本的意义。我形容读书是一个启程的过程，在这条路上，任何外界的事情都与你无关，完全可以卸掉作为一个社会人所背负的社交压力，以免被期待、被评判。在这条路上，你的狼狈不堪不会有人知道更不会有人去传扬，你的孤独并不可耻也不会被人打扰，你快乐可以大声呼叫，你悲伤可以肆意痛哭。终于，当你把读书当成生命一个过程的时候，就爱上了生活。

　　所以读书是一个孤独的过程，分享是一个群体性的实验。在这个孤独的过程中，切断一切与已知的联系，你才能不被打扰地去看见、去发现和沉浸在未知的世界里面，才能有机会与另外一个自己去沟通，从而满足内心里那与生俱来的对未知多样性的思考。对于我来说，读书带给我最好的副产品，就是见识了人生的多样性之后有了开阔的胸怀。

曾经在一篇日课里写过这样一句话：阅读是一件群体体验性极高的事情。这个过程无关乎他们自己，更不需要炫耀，因为这是一个内心修为的体验，每个人都可以享受它。

到现在为止，我还是不能苟同于近些年的快餐式阅读。读书就应该自我沉浸，并且用于分享。在读书的反复咀嚼中，收获属于自己的东西。我相信无论技术如何进步，如何革新变化，阅读体验终究是一件群体体验极高的事。如果你想拥有从来没有拥有过的东西，必须做自己从来没有做过的事情。

筑榜读书会的创立，用几位高管的话，竟然感觉比创立公司还要艰难。很多兄弟没有读书的习惯，回到住处闲着没事，打游戏刷短视频。我看在眼里急在心里。年轻时候挥霍时间是多么可惜，尤其在这个时候，可以多学点东西比什么都重要的。所以只能手把手教，并且做到言传身教。

叔本华在《人生的智慧》里提及的幸福要诀，用于我们读书的过程，也是不谋而合的。"遵循着符合自身个性的方向，并且努力地去争取个性的发展。"通过阅读体验，选择与我们个性相匹配的地位、职业和生活方式。只不过刚开始并不知道这将是我们毕生的追求。直到后来才发现，我们一直走在这条通往未来幸福的路上。

第十三章

做你的智囊团

其实，在创业这些年，离不开很多朋友的帮助，尤其是一些我定义为智囊团的朋友们鼎力相助，帮我们解决了很多困难。很多时候，他们给予了不仅仅是业务线的搭接，甚至包括品牌的指引。在公司的发展过程中，我的智囊团们，提出了许多连我都没有想过的创新型想法。

一个好汉三个帮，一个项目靠大家。更何况对于发展中的企业来说，智慧的结晶是集体的能量。就我们筑榜而言，无论是业务线还是生产线，所取得的阶段性成功，全都是集体智慧的结晶，像前面章节提到的几个案例，无一不是靠内部和外脑的智囊拼接，攻克一个又一个艰难险阻。

刘邦说：运筹帷幄之中，决胜千里之外，我不如子房；镇国家，我不如萧何；进百万之军攻必取，我不如韩信。一个公司也是一样的，有身边的人出谋划策是很关键的。曾经读过一本书，是讲清军入关之后，"师爷"这个角色在清朝的历史发展，尤其是康乾盛世中，起到的至关重要的作用，比如我们大家都知道的雍正能够顺利成为康熙的接班人，多亏了雍亲王府的绍兴师爷邬思道在背后出的计谋，这也让邬先生成为结束"九子夺嫡"的重要人物。

一个充满智慧的人，往往背后有一个或一群比你更为聪明的人，才能成就一番事业。我们每个人都会有智囊团，在背后给你出谋划策。如果没有这样的人在你的身后，那是一件多么可悲的事情。筑榜开业的第一年，压力还是很大的，首先直面的是回款压力，虽然已经做好了思想准备，但还是有点措手不及。南京的兄弟老杨第一时间打来电话，跟我分享了前两年他的公司刚刚创业之时，也面临过如此的压力。

他告诉我，越是这个时候，越能够看得出精神的力量，无论是合作的供应商，还是公司的创始团队，对于公司发展前景信任度，取决于我们将来可以携手走多远。老杨一番话，让我深深地感动，有时候越是经历困难的时候，也是团队和个人成长最快的时候，团队越能够紧密团结众志成城去直面每一次的困难。卡耐基也说过：当你意识到失败只是弯路，你已经走在成功的直道上。

很庆幸公司创业这么多年，拥有了属于自己的智囊团。同样，我也努力着成为身边每个人的智囊团，那是一种不是一个人在战斗的感觉，给人希望和动力，给人能量与信心，给人在如履薄冰的时候拉上一把的既视感，这非常重要。

如何得到一位甚至多位优秀的智囊，这与你个人的情商密切相关，比如说，别人为什么乐于去帮助你，你和你的团队有哪些亮点能够吸引到别人，相信乐于与你分享成功的人，才会是真正的好伙计、好伙伴。

在一次与集团各条业务线的同事座谈的时候，我告诉同事们：每个人都可以成为你们的智囊团，你也可以成为每个人的智囊团，这里无关乎人品、地位和修养，哪怕别人的一句话，能够帮到你，就已经足够了。有时候，主动地成为身边的人甚至陌生人的智囊团，你的人生就一定会赢得升华，往往这种成就感，对人生的激励也是非常大的。

记得以前看过一本书，《安妮日记》，安妮只活了15岁，死于战争期间，身为犹太人的她似乎从生下来就是错误，她的存在就是不合理的。看完这本书，很惊叹于一个小姑娘就已经拥有了内心的孤独能力，这种能力是心中有千千言，用文字去记录下来。很多阅读了这本书的人，从阴霾中改变了对人生的追求，去直面惨淡的人生。每一个个体，不仅仅代表着自我，更是要成为这个社会上最高层次的精神能量。

我们时常被困难挫败，觉得人生不公，凭什么别人成功看起来毫不费力，而自己想要维持生活却如此艰难呢？当我看了日本歌手中岛美嘉的专访，才明白，为什么她的歌声大大降低了日本的自杀率。因为她不仅仅是一位歌手，更是很多人精神的智囊。中岛身患严重的耳疾，对于一个歌手来说，是致命的打击。每次演唱会，只能通过踩脚打节拍来接收到音律，即使人生跌入了谷底，也没有认输，"那些杀不死我的，必将使我更加强大！"这就是中岛美嘉向大家传递的精神和感情。

我们与其寻找自己的智囊团，倒不如先提高自己，先成为别人的智囊。不论是在任何方面，做一个利他的人，这才是商业社会最伟大的。我们在怪罪着没有人帮助的时候，也要思考一下，即使在你最失落的时候，心中有没有闪过一道阳光，去温暖别人、照亮别人。

按理来说，至少在模型行业，我应该可以称之为老前辈了，无论是对业务的熟悉，还是对生产的了解，以及创办模型公司的模式，已经做到了手到擒来的程度。然而，我仍觉得，这个行业，还是需要花很长时间去探索，才能有机会遇见更好的自己。

一个周末，我带着公司的几位经历，一边讨论着关于智囊团的问题，一边在街上闲逛。初夏的上海，风和日丽。晴空万里之下，外滩街头行人的脚步，好像都轻盈起来。不忙的时候，喜欢去书店，从书里找到答案。在我的影响下，公司的很多同事都喜欢去逛一逛上海的一些网红书店，像西西弗书店、半层书店，以及离公司很近的嘉定图书馆。

为了充实这个理论，我又从书堆里，翻出去年年底买的《老人与海》。海明威是我很喜欢的作家之一，文辞简洁，没有半句铺垫。海明威一生当过拳击手、猎人，帆船上的渔翁、当过兵，干过战地记者，又是一个酒鬼加赌徒，经常光顾酒吧、脱衣舞场等，酗酒、吸毒，混迹于各种场可，也让他熟悉形形色色的人，比如酒徒、恶棍、作家、黑社会头目与上流人士。他生活中不乏硬汉的行为，当别人贬低他的作品，他愤然找上门大打出手，为荣誉而战；也曾经为了争夺女人而拳脚相加，他帮助朋友也利用别人，他爱虚荣又很血性，是一个干过好事也干坏事的矛盾体，是一个灵与肉鲜活的人物。

第一次世界大战结束后，海明威移居古巴，认识了老渔民格雷戈里奥·富恩特斯。1930年，海明威乘的船在暴风雨中沉没，富恩特斯搭救了海明威。从此，海明威与富恩特斯结下了深厚的友谊，并经常一起出海捕鱼。以至于老人在位于小渔村科吉马的家中去世的时候，成为全球的焦点。关于人类所有的精神，全都在这本《老人与海》里。这样一个七十岁的老人，举起鱼叉，那一刻，他成了古代史诗里怒目圆瞪的大将。

当我们仅仅为生存的几两碎银去埋头苦干的时候，可曾想海明威当年遇到的困境有多么大。他处于的境界，即使在孤独无望的时候，也会坚持自己给自己信心，自己当自己的智囊团。这种能力并不是天生的，也不是读两本书就能够拥有的能力。

其实，我们每个人的智囊团是我们自己，就像海明威一样。在这本书前面的文字里提过。很多时候，业务线同事单枪匹马走进市场，不知道前方等待自己的是拒绝还是冷漠，是鲜花还是掌声。没有人商量，也没有人给鼓励和支持，只有依靠自己内心的强大。

在几次公司内部沟通的场合，和同事们聊起共情能力，所谓的共情能力也就是换位思考的能力，体会他人的情绪和想法，理解他人的立场和感受，站在他人的角度去看待问题的能力。当我们拥有了强大的内心时，更重要的是要在业务开展的过程中，如何发挥我们每个人的共情能力，这样才能把我们每个人自己的智囊团用到极致。

很多时候，我们在业务开展的过程中，与不同的人打交道的机会太多，我们几乎每天要面对不同城市不同区域不同公司的地产人，也要面对其他各行各业的人，在力之所及的前提之下，去帮助每个认识的人，不挺好的吗？这也是共情能力的一个体现。毕竟收获优质智囊团的前提，是我们要努力成为别人的智囊团，在你需要别人帮助你之前，先主动去帮助别人。

在商业环境里，换位思考能力往往能够体现一个企业的情商，一家优质的业务型公司，一定是拥有优秀的换位思考能力。比如说，我们不光要应对房地产行业因为市场行情带来的业绩走向，还要和同类型模型行业，进行业务标的比拼，拼产品、拼服务、拼细节，甚至拼价格，随着公司的逐渐扩张，进军多个陌生城市，除了对区域内的地产行情进行了解的同时，我还要求分公司的负责同事，多去跑一跑当地的各家同行企业，尽我所能去帮助他们分析行业内痛点，分享我们做过的沙盘经验，为此，积累了很多同行业关系，为我们能够立足新区域打下了坚实的人脉基础。

第十四章

目睹风暴的力量

有时候，我们是需要的是一种存在，强大与炽热，坚定与锋利。有时候我们也需要一种表达，包含我们需要的强大与坚定，一旦得以遇见，便是心之所安定的地方。可能是话越少的人，越是能够珍惜表达的机会，在我们整个团队中，其实大多数同事不论是平时还是生活中，都比较腼腆，不善于表达，不论是对自己还是对自己欣赏与欣赏自己的人。这倒无形中使我们形成了一个一个态度，一旦有机会表达，会显得更加迫不及待，并且在言简意赅的路上，努力前行，话不多说，话不白说。

在公司的发展过程中，除了取得了还算不错的业绩之外，还有一个重大的收获便是掀起了一场行业内的青春风暴。说到从事模型行业，无论是业务的组织还是生产设计研发，更多的还是以人为本，每一件事都是人做的，每一个脚印都是人踩的。也许在公司的发展过程中，因为一个人的专注与思想自由，因为一个人对事业的热情和表达，便会治愈和引领身边的每个人，包括我也会受到他们的影响。当这种力量被激发的时候，信心就会不断积累，加速成长。

玩过雪的朋友，大多数人都滚过雪球，眼看着手里小小的雪球，越滚越快，越滚越大，我们也会变得更加兴奋。面对房地产这个飞速发展的行业，很多人上了船，也有很多人掉了队伍，模型作为房地产上下游参与行业，也在不停地沉浮。想象一下，很多人看上去是在默默无闻，其实就像毛竹一样，偷偷地扎根，给自己投资。然而在这个过程中，很多人是看不到希望的，甚至看不到未来的样子，选择了转行，或者掉了队。我们经常看到两个一起进入职场的年轻人，未来十年甚至二十年的发展，两个人的路径选择结果总是千差万别，往往到最后获得成功，甚至赢得人生价值的那个人，一定有如下特性：喜欢折腾，热爱学习，不忘初心，敢于挑战。

这样一种年轻的风暴，在外界同行看来，甚至是有点不可取的，比如说年轻人犯过一些错总得给他买单，年轻人身上大小毛病在客户那里一眼看出。可是，对我来说，这有什么大惊小怪的呢？谁不是从年轻的阶段走过来的呢？十几年前来到上海，入职前东家，正是一个个师傅手把手地教，业务营销的老大哥一次次给我机会去勇于尝试，不然很难有机会在这个行业里，坚持这么久的。当然了，公司经常有年轻的同事向我请教其中的法则，在我看来，该走的弯路一步也不会少，即使被你侥幸绕过，如果不去好好地总结，把这样一种捷径当成小机灵，那么很容易在下一次的波折中栽更大的跟头。

所以说，发起这一场青春风暴的同时，就告诫自己，带领所有的人不能掉队，取长补短，发挥每个人的优势，在成功中总结，在失败中吸取教训。让年轻人获得机会，也是给公司未来攒上一笔巨大的财富。

今年是公司第一个五年计划的关键年份，回想前几年，新老员工传帮带，无论是生产还是业务，几次熟练之后，就让年轻人冲上一线。在我们的理念里，对每一位菜鸟级员工来说，勇敢地走出第一步是重要的。去面对客户独立完成标书方案，接着独立完成标书讲解，业务达成之后，独立按照规划方案与生产部门衔接。对于很多年轻同事来说，没有比放手让他们成长更快的方式了。从今年年初开始，我提倡上海公司用两年的时间来实现升级转型，打造成标准化平台，从企划宣传，到标书方案分类统一，以及接待说辞模本等等，这个标准化最容易率先纳入使用的就是年轻的同事们，他们对于新标准的接受程度会很高，上手很快，更加具有竞争力。

从公司的发展起初，我给自己的定义是不能掉队。创新才不会消亡，不停地去奋斗才是发展的根本。摔进水里不会淹死，待在水里才会淹死，只有不停地游，拼命地游，只有往前游，才有真正成功的机会。在公司内部，我们把这种思维定义成一种顺势而为的积累思维。

特别对于年轻的入职同事来说，无论是外界的诱惑，还是身边人的影响，抑或是自己的胡思乱想，很容易让自己迷失方向。每年不知道有多少年轻人，受了负能量的事件影响，甚至是一次很小的选择，可能都会对职业生涯产生非常不好的影响。时间是这个世界最伟大的东西之一，任何现在看起来微不足道的事情，在时间的作用之下，都有可能成长为一个庞然大物。我见过有些人，出现偏差的思考方式，比如说，今天我太累了，明天想关掉手机，谁也找不到我，好好休息一天，明天就不用去拜访客户，一而再，再而三地推托掉与客户的维系关系的机会。越是这样的心态，越容易朝三暮四，越容易见异思迁，去寻找一夜暴富的风口。

这是很容易导致堕落的。一天两天看上去没有什么问题，一周之后去看来，也没啥变化，可能几个月甚至一年之后，就会有着断崖式的变化，越朝三暮四，越容易一事无成。我在一次例会中，告诉每个人，想让自己的事业变成一场无人可以阻挡的风暴，就要让自己专注于每一件事情，耐心地提醒自己，坚持下去，一起等待风暴到来的那一天。

其实，要知道，这些改变，几乎都是正向的改变，公司里的每个人，一定会取得加速成长的机会。我很看重年轻人的创造力，年轻人的激情，他们往往是公司发展过程中，最珍贵的财富，并不需要油腻的中年人去教会他们该怎么去做，该如何去发展，他们就能够在每一次关键的时候做出正确的抉择。

这里想到一个例子。小周刚进公司几年，是公司业务线年青一代的代表。2018年年初，一位以前的客户朋友，介绍了一个如皋的地产项目，体量不大，总共也有十多万预算标的额。这家是几个股东临时成立的房地产开发企业，公司整体开发经验不足，甚至连资质也是挂靠的。我听了小周的汇报，建议他放弃这个项目。然而，二次投标的时候，小周在现场自己做决定，果断地拿下了这个项目，回到公司对我汇报了他的理由：一是该项目虽然体量不大，利润也很少，但是我跟甲方另外签了新的保全框架，售楼处开放之后，外展展厅的小沙盘同时交由我们制作，这样就确保了整体项目利润可以达到公司的基本要求，更重要一点是，几位股东大多是品牌地产商的投资部门高层出身，拥有丰富的行业内资源，如果后续加强服务的跟进，一定会有源源不断的业务机会进来。

听了小周的汇报之后，我点了点头，果不其然，在后面两年时间，这家公司的股东经过多次重组，异地开发了多个项目，几乎每一个项目都交由我们来执行沙盘业务，累计合作了超过十多件次。在合作的过程中，这几位股东经常来上海，与我们探讨房地产开发的经验，在我们已有的行业内资源圈子里，也给他们创造了更加广阔的人脉圈层，达到了双赢的标准。为此我大力表扬了小周，并且也感受到，年轻人考虑问题的能力是不亚于我们这些行业内老人的。有时候眼光是长远还是狭小，根本不是经验而来，更多的时候，是有着一股冲劲、一种信念，选择在合适的时候，支撑着自身的发展。

于是，开拓年轻人如风暴一般的才华，成了公司扩张的一个重要人才战略。在接下来的几年里，赣州、广州已经生根发展，大部分的管理人才的年龄结构，已经降维到95后，这在很多同行业的公司里，非常罕见，甚至这些孩子，已经开始自己带徒弟，有了自己的团队。这些年轻人需要的不仅仅是鸡汤，只要给他们充分的空间，给予他们足够的尊重，尊重他们的能力、尊重他们拿定的主意，就已经足够了。

2020年上半年，因为受到疫情的影响，公司的业绩下滑，我们开始调转策略，把频繁的各个城市出差，改成区域驻点，从二线城市，一直到三、四线，甚至县级城市也有了我们的驻点单位。就像前面的章节所提到，赋能的力量是无穷的。上海总公司逐渐成为平台机构，为他们提供各个层面的支持，从技术到资金，从团队搭建到人文关怀。随着国内疫情好转，我们也收获了更多的历练，培养了团队的同时，一块块根据地逐渐连成一片，拉开了一张具有公司特色的业务网络。

第十五章
与哲学家一起谈心

2017年夏天，从孟买回上海的路上，在机场随便买了一本书：《柏拉图和鸭嘴兽一起去酒吧》，平日里读一本书也要好长时间，更何况是一本关于哲学方面的书。在我的印象中，哲学大都是生硬难啃的。刚开始，我被它的封面深深吸引，加上受不了身边四处咖喱的味道，距离飞机起飞的时间还早，我便躲到一个角落，开始读这本书。

随着日子的推移，发现自己开始喜欢哲学了。原本我以为枯燥的哲学，已经成为陪伴我度过那些艰难岁月最好的伙伴了。于是，在公司内部，我更加推崇同事们能够相互谈心，在相互谈心的过程中，相互探讨，包括成就、知识和美德。

哲学能够使人们从生活的局部中走出来，跳出来看人生的全貌，去想人生的大问题和大道理。我们是否能看清人生中什么重要什么不重要，有好的心态，去获得幸福，才是哲学最大价值的追求。著名哲学家冯友兰先生说过："哲学，是对人生的反思。"比如人赖以生存的行事法则、友谊和爱情，包括我们生活中的那部分世界，哲学便是让我们能够过得更好、更加称心如意的东西。

很多问题，并没有一个标准答案，关键是哪种选择，让你的人生更加快乐，更富有成就感。无论什么样的生活，只要它能够给你带来你想要的，一定是你最初的梦想。对于乐观主义者来说，这个世界是所有可能存在的世界中最好的一个。而悲观主义者则害怕事实正是如此。通常情况之下，我们是鼓励尝试的，这与结果没有多大关系，关键是能够勇于尝试。

关于尝试的案例，公司内部有很多。有的同事第一次做业务，怕见到生人，怕见到陌生的面孔，总是患得患失。别人不喜欢我怎么办？别人揶揄我一顿怎么办？这个时候，哲学起到了至关重要的作用。我告诉这位同事，连太阳都没办法做到所有人都喜欢它，你凭什么可以？疗愈自己最好的方式是丰富自己的认知，通过读书学习提高自己的知识底蕴，并且在与人相处的过程中，总结案例，这样便会在职业生涯里，面对各种复杂的状况，总是能够找到理想的状态。

可是生活就是充满着无数未知与惊奇，谁又愿意自己的生活波澜不惊呢？每个人都有着属于自己与众不同的生活，每个人都需要面对着与别人不一样的问题。我们每人所做的努力，不是为了从一种生活逃到另外一种生活，而是为了避免最后成为自己讨厌的那种人。生活的经历总需要阵痛感，只有阵痛才能体会生活的真实，梦想也是生活中的一部分。事实上，很多在公司取得成功的同时，都已经明白，梦想从来不会辜负每一个努力的人。

当然了，我们很多时候，给自己定义的成功有很多不一样的结局，但是每个人都要学会如何去成长，在很长时间，成长已然成为公司团队发展的一个重要关键词。热衷于积极向上的人，从生活的过程中，能看出来他对待梦想的态度。不论风来，不管雨落，大步向前，一如既往。如果没有人来照亮你，你需要成为自己的发光体，指引前方。

在创立筑榜的这段时间里，工作之外，日常之余，一些看似没有多大用处的工作片段，回头想想，竟是一种心灵的寄托。而更加看重自我内在精神的成长和完善，在很多场合，我会告诉每一位同事，我们并不是一个人在战斗，内在精神是我们前进的动力。

办公室的桌子上，经常有同事把做好的模型照片，打印成册，放在桌子上。其实早已经不去想当初做第一件模型的样子。它更像是一位老朋友，与它的那份情谊是世间最美好的。更像是一位无话不谈的情人，悄然的遇见让人心动，世情可爱与浪漫，以及发自内心最好的祝愿。笔尖词句，生活琐碎，沙盘如人生，模型如灵魂，只要有地产，人生处处是沙盘。

有很多朋友问及我如何对模型行业的坚持，其实更多的是来自对一草一木的敬畏。无论是绿植的兴趣，还是设计的启蒙，无论是花木的灵动，还是执笔的抒发，这些都让我和团队的同事们抒发对每一个项目的感恩和喜欢。生活的脚步总是急促而忙碌的，工作也是一样，等到一瞬间的闲暇来到，我们却感到不知所措。

多少人离自己喜欢的生活并没有多远，很大程度上是有没有意愿去做出改变。明明简单的满足，却要自己在纠结中度过，可是再小的梦想再喜欢的事情，都需要坚持到底才能成为人生的调味品。保罗·柯艾略曾经说过：恰恰是实现梦想的可能性，才使得生活变得更加有趣。生活之所以充满乐趣与美好，大多是来自自身对喜爱之物的兴趣与坚持。坚持是最难的，惰性容易导致人对一切事物的兴趣消磨殆尽。

在同行业中，各个城市，尤其是国内一线城市，模型行业竞争压力非常大，产品在同行业中做得质量最好、价格最优、款式最新已经并不是企业发展的最终保证了。有很多同事，私下里抱怨，业务不如五六年前好做了。

一次会上，我给他们举了个例子，90年代电子市场的巨头诺基亚，专注于产品品质，只用心开发单个产品的功能，因而无法跟上数码时代的步伐，而惨遭淘汰，诺基亚最后无论用多么好的材质，多么高的性价比，也无法替代哪怕最低端的智能手机品牌了。只有沿用创新的个体哲学，才是我们企业发展的根本。

将做人做事的成功方法融为一体，才可以谈之创新。很像中国传统儒家的修身、齐家、治国、平天。我们其实要做的事情，往往一定是别人认为我们干不了的事情。刚创立筑榜公司之初，面临的困难是巨大的，回想来也是感慨万千，特别是从巨大的竞争环境中突围，已然成了公司生死攸关的大事。我和几位创始人很明白，公司想持久地生存下去，只有创新，别无他路。

创新的过程可以磨炼领导人和研发人员的思维能力，提高解决复杂问题的能力。各个层面同时来启动，产品的创新、管理的创新、个体的创新和服务的创新。当一个人愿意谦虚地听从别人的意见时，他已经成功了一半，当一个人愿意用创新来充实内心的力量，就已经离梦想的顶峰不远了。

创新的具有挑战的，不创新，前途黯淡，要创新成功，就要战胜困难，激发内在的动力，发挥主观能动性，不顾一切奔向既定目标。那个时候，每天拖着疲惫的身体回到家中，可是内心的充实与淡定，让我可以体会到那年在孟买机场买的哲学书，给我带来的精神慰藉有多么重要。

哲学，是让你平稳地度过那些艰难岁月的一门学科。为什么这么说呢？就像我们业务团队同事很多次外出投标方案，每次的方案背后，都是无数次艰辛的努力，写方案、研究项目规划、设计模型效果图等等，这些工作量非常大，而且大部分属于案头工作，甚至很多次为了一个项目的标书方案，讨论到天亮，然而最后能否成功，谁也说不准。在很多人看来，这是一段艰难又受累的岁月，如何支撑着自己，一次次地重新来过，一次次地忘记成功，我相信，每个人都有着心中的哲学，而这套哲学理论，是支撑着所有人前进的动力，这是属于每个人内心的东西。

我在一本书里读到过，人生的目标，就是提升心性，净化心灵健全自己的人格魅力。就像上面所说，在我们波澜壮阔的职业生涯里，是有着很多未知的，成功还是失败，顺利还是挫折，谁也不知道明天会发生着什么，于是在我们遭遇和应对各种复杂的过程中，不断地提升心性，磨炼自己的人格，我相信这才是人生的终极目标。

稻盛和夫认为，灵魂得到磨炼，人格就会同时改变。磨炼灵魂，我的理解是想好事、做好事。为了磨炼灵魂，我们在自己的哲学范畴里，每天按照这个标准，像曾国藩一样，进行自我反省，努力地改变自己。孔夫子不是说过吗，吾日三省吾身。把自己每天的想法和行为，建立在磨炼的基础之上，每天修正自己的思想和行为。

科学家给大自然的宇宙观做了定义：成功起源于人类的意志力，一切皆由人类的净胜状态而决定，正如我在前面的章节中，剖析"心想事成"这四个字。如果你想到落后，你就落后了，如果你想要爬到更高的山峰，在胜利来临之前，必定要拥有"我一定能做到的"信念。职业生涯战斗的每一次战果，一定并非强势、快速、走捷径就能得到，最后取得胜利的人，都是坚信"我一定做得到"的凡人。选定了方向，就该全力以赴地去做，纵使在通往目标的过程中会经过一些波澜险阻，也一定要保持着必胜的决心，勇往直前。

这句话深深地印刻在我的脑海里，让我和兄弟们在那个岁月里，一步步地迈着坚实的步伐，经过不断的钻研、探索，最终不断地突破，产生创新。事实上，创新是一个不太新鲜的词语，对于我们来说，创新更多的是一种习惯。

第十六章
麦田里的积极向上

自从由泌阳来到上海这些年，在这里安了家，父母妻儿都接了过来，老家的印象对于我们来说，开始变得模糊了，除非因为有些事情，一般很少会回去。已经习惯了上海的打拼过程，在这里，有自己的事业，也有了自己的伙伴。

今年的春节，经历了疫情之后，节日的团圆变得弥足珍贵，决定和孩子们一起回家过个年。在去往家乡的绿皮火车上，看着窗外一棵棵往后倒退的白杨树，一大片中原大地的麦田，一望无垠，没有山头，视野开阔，心情变得更加舒畅。我想起了一句话：这世界需要的不是反复倒伏的芦苇、旗帜和鹅毛，而是一种从最深层次根基生长出来的东西，而真正的东西，是应该向上生长出来的。

事实上，当我在思考这样一种积极向上的精神时，就像麦田里的麦苗一样，获得了一种深层次的认知。无论我们将来会走向何处，会成为什么样的人，做什么样的事情，归根结底，根系才是内心里最难能可贵的一切。我们通过根系输送营养，与大地水乳交融，并不会去排斥各种大自然的气候。无论是狂风暴雨，还是大雪压身，麦田里最能够让我们引以为傲的精神，便是一种积极向上的力量。这种力量带给我们的是一个眼神便能够知道下一句，不会出现词不达意或者言不由衷。随时随地地，在自己耕作的田地里，让花成花，让树成树，让麦苗变成金黄的麦子。喜欢太阳，喜欢阳光，虽然转瞬即逝，我们用力抓住就好。

比起绿油油的模样，我还是更喜欢晴空万里下告别土地和脱粒入仓的感觉。

每到夏初，总会抽个不忙碌的周末，带着两个孩子去上海的郊区。狂野的空气里，总能闻到一种淡淡的味道，混合着青草和麦香。特有的收获季节即将来临的感觉，有别于深秋的干草香味。那种小时候就印刻在心里的味道，即便身处闹市，也能感知到麦收的日子即将来临。今年暑假，和几位同事去参观了"只有河南"景区，在体会到王潮歌室内话剧的精妙之处同时，深深感受到了关于土地、黄河、粮食和传承的故事，穿过麦田，走进那扇"半开半掩"的夯土建筑大门，犹如进入一个巨大的"盲盒"戏剧天地。这里有麦田里的积极向上，也让我更加深刻地认识到这片土地带给我关于梦想的最直观感受。

人只要铆足劲往前走，就一定会有新的东西在前面，甚至比错过的懊悔还要好一万倍的东西。不要总想着去留住那些正在消散的，或者沉溺在已经预料失去的，促使着我们，往更高处去行走。这段过程，回头想来，很孤单，也很独立，正是因为有了热爱，才不会觉得生活浅薄。

我们一直在讨论着初心是什么。梦想的样子，从一开始踏上去上海的大巴，我就明白了。麦田里麦苗的生长，已经开始集聚着一种梦想的力量。延迟满足，承担责任，尊重事实和保持平衡，这才是麦田里的麦苗给我最真切的感受。

在去往老家的路上，柴总打来电话，问是否去公司一趟。原计划是要先去趟郑州，毕竟年末到了，分公司管理层希望我能过去陪大家吃个饭，训个话鼓鼓劲。我在电话里告诉柴总：第一，春节后我会过去看看；第二，如何给兄弟们打打气，如何总结是你自己的事情，我就不用过多参与了。

其实受到今年疫情和客观因素的影响，业绩有一些波动，对上游的房地产企业来说，同样也受到不同程度的影响。在企业的发展过程中，黑天鹅事件不可避免，意料之外的事时有发生，有时候可能进入了一种常态化，我们既要适应这种突发的波动，也要在生存之际坚定内心的信念。年末，我会给很多同事评语。在给田凯的年终总结的评语中写道：麦苗正是经历了风雨与暴雪，才会有了积极向上的动力，成为养活这个土地上所有人类的粮食，多看书，多行走，把时间用在丰富自己的见识和认知上，才会觉得很多事情微不足道，平静的心态才是最终的追求。

现如今，在我们这个极富转折性的时代，很难说我们获得了什么，还是从这个时代的红利中找到了什么，这些成果是属于我们个体，还是属于这个时代。其实，我在年末的邮件留言里告诉所有的管理层，在公司大步发展的今天，每个人其实都在不约而同地符合时代的需要，个体的转折性以及如何在这个时代留下烙印，是我们真正需要考虑的事情。

很难说，这里面到底有没有一次臆想与围观，就像上面提到80年代的诗人，稀里糊涂地被推向神坛，犹如近些年知名商人们如走马灯一般，从爬上巅峰到跌落神坛。即便如此，每个人的命运犹如桃花的五种转世，承载着并不相同的命运，以一种强烈的爆发方式，释放着复活的力量。即便在这个喧嚣的时代，无数人苟且偷生，无数人脸戴面具，无数人蝇营狗苟，无数人内心彷徨。保持着那些莫名其妙的热情，承受莫名其妙的冷清，生活总该迎着光亮和希望。

一边创业，一边在思考，我们将会获得什么样的理想。就像麦田里桀骜不驯的麦子，这是一股自然的力量，又是一种自觉的榜样。我在前面的文字里，多次提到创业的目的，其实从麦田里，觉察到不一样的感悟。风吹过了，树还是树，雨来过了，树还是树，只有鸟飞来了，树就不是树了，树就变成了家。

其实，我们在经营这项事业的时候，一开始的想象也是形而下的建立。南京的老杨微信里发来筑榜上海公司装修之前的照片，我差点把这些给忘记了，甚至怀疑自己已经忘记了初心，我无数次回想创业的时候，几乎每分每秒，都如电影胶片一样，显现在我的眼前。

说到底，经营着筑榜这些年，无非是在给自己建立着属于我们所有人的圣经哲学体系，里面有我们的存世哲学，里面有我们的生存法则，里面更有我们每个人的小故事和小确幸。我们不至于等到若干年后去回忆。结果并不太重要，真正有意义的，是这段过程。这就好比西藏的结绳记事一样，一串绳子上，全是打的结，至于结果怎么样，没人去关心，通过每个结去感受人生每一段的精妙之处，是充实还是虚度，因人而异。

"有所为，有所不为。"这话是至理名言，话里的基本含义是有些事情能做，有些事情并不能做。如果再理解深一点便是：如果我们有了能做的事情，就肯定有不能做的事情。朋友圈里也有个段子：生活就像蒲公英，看似自由，实则身不由己。我却以为，蒲公英看似身不由己，却有着时机成熟之后的自由自在。

只不过，在很多朋友的眼里，每年甚至每一天，都会行走在路上，老杨劝我可以学学钓鱼，或者找些爱好。我有个群，广州的几个同行组建的跑步群，每天都会在群里打卡跑步，只不过我一天也没能坚持下来，对于世界上很多物种来说，最崇高的事情，莫过于设定每天该做的，清白是天空的颜色，一万年才是仰天看云。闲暇是人生的精华，除此之外，人的整个一生，应该是辛苦与劳作。岁月总会是不声不响，我们追求的是不慌不忙，在凡俗的烟火里，来日方长，四季欢喜。

但凡有点生活经验的我们，大都能理解一旦陷于稳定与蜗牛是有多么的相似，一样都会选择在温柔乡里慢慢死去，即便这是我们内心的一个理想，但是生活的不确定性和充满挑战，才是真正能接近人生意义的一个过程。可能是我和大多数公司高管来自中原，内心里对麦田里的麦子，有着别样的执着，在这个过程当中，总会让我们不怕烦人的说教，总是能够找到积极向上的力量。即便事业稳定，也努力去追求人生新的高度，每个人都努力把肩膀借给战友，希望身边的人，能够看到与我们不一样的世界。还是上海的陈果老师那句话精彩：真正成熟的人，都活成了一束光，照亮了自己，照亮了身边的人。

我经常和身边的朋友们，谈论起成熟。成熟并不是世故圆滑、八面玲珑，成熟无关乎年龄。也不是老，人们经常谈论的衰老，应该分开解释的，衰是人精神的沉沦，而老则是身体的退化。老是关于生理层面的，而成熟是关于心理层面的，是精神的境界，分属两个不同的维度。当然了，师傅徒弟之间的尊敬，是必要的。可是对于成熟稳重来说，每个人都可以通过自己积极向上的认知，去改变自己的样子。

《易经》的乾卦九四：或跃在渊，无咎。意思是说，在人生的黄金阶段，随着自己阅历的丰富，心智的成熟，这个时候要努力进取，谋求进一步发展的机会。

我很想把这句话，送给所有的兄弟。

尤其是经历创业前期的兴奋之后，我们开始趋于稳定，看透了很多的人和事。曾经在一张单子上，列下了四十岁之前，要办的几件事：出版一两本自传类的管理日志，每天坚持读书和听书，每个月出去旅游一次，每周陪伴孩子出去转转……唯独没有令人生厌的赚钱计划、发财之路。在我的理解里，赚钱永远是水到渠成的一件事。

可能与一直从事房地产行业有关，麦子成为我们的精神图腾，每次有好友的楼盘即将开盘，我们会想方设法，安排同事给客户寄上一束大麦，谐音"大卖"。在我的办公桌上，偶尔也会放上一束。在一次公司的例行日课上，我告诉同事们：即便是麦田里每一颗昂首挺胸的麦子，都是土地赋予他们向上的力量。对于我们从中原来的人，麦田是一个具象的话题，也是一个永恒的意境。生活简单，理想坚定。太阳下的麦田，将会是如同我们所有人期盼的那样，发芽、生长、成熟……

在我们小时候放学之后，喜欢在麦苗上打滚，老人在一旁说，你们越这样子，麦苗越肯生长。我在去泌阳的火车上，看着窗外麦田里飘摇着的美丽，看着它们活得丰盛而庄重。其实，中原的孩子，对麦田天生情有独钟，麦子孕育了中原大地祖祖辈辈的人。这会正是隆冬，再过两个月，到了春天，麦苗苏醒，一望无际的绿色，把原本黄色的土地，装扮得生机勃勃，与豫南大地湛蓝色的天空，交相辉映，形成一幅美丽的画卷。

紧接着，再一次回趟家乡，是清明小长假。四月春光，清明雨生，这段回乡的旅程，有点随心所欲，没有公司的繁杂事务侵扰，整个人的状态显得特别从容。老家院子墙头的蔷薇花生了花苞，到处非常整洁，眼前的村庄和树林，还有春天的麦田，依旧积极向上地生长，家乡留在心头的回忆，慢慢地成为一幅画，一幅关于稻田关于天空与植物的画。

如今四月春风，田地里的白杨树，还有道路旁边的花，被前几天的雨水清洗了一遍，显得格外清爽。毕竟清明时节，风吹雨洗，一片中原花。小长假过后，我和柴总去一趟郑州公司，一路上，杨树的花絮四散飘来。清明暮春，初夏将至，这个时节的天气正好，风如初阳暖，寒意已去，酷暑未至。我其实很喜欢河南省内的高速公路，路上车不多，视野很好，两旁的杨树的光影，照在路上，显得格外地静谧。

整个四月，麦子的"扬花"和"灌浆"，都是在浓郁的云气中完成的，像极了我们一帮为了组建模型业务的兄弟，跑遍了各个城市，提案、考察和方案申请，很多时候，我们并不知道每一单业务每个城市会给自己带来什么，譬如收入的提升，譬如职业案例的丰富，其实更多的时候，却是犹如麦子一样向上生长的一种积极力量。这个时候，花粉被湿漉漉的云气和忽起忽落的风给打落，在有风的晴天，能看见空气中悠悠飘浮的花粉被日光照着，大约是这样一种生长的过程，麦子在灌浆期一点点地鼓起来，平安成熟。

关于麦子生长的故事，我在很多场合听有经验的兄弟们分享过。老田在来上海之前，在泌阳老家种了几年的麦子，他有着很深的感情，一到收获的季节，布谷鸟的鸣叫在天地间回旋，大地被苍茫的金色包裹着，四处弥漫，无边无际。这个时节的麦田，更像是一个历经生命跋涉的中年人，安详而富足，充实而沉静。

想起郑州公司刚刚成立的时候，不也是自己亲手种下的一棵麦苗吗？对于有机会能回家乡发展，公司的很多高管非常开心，要知道，在郑州公司发展的第二年，已经实现全面扭亏为盈，速度之快，让我没有料想到，原本只是打算在中原留个事业部作为据点，没想到已经成了一座坚实的堡垒。

在给郑州公司全员同事开会的时候，我认真地问过他们，是什么原因能让分公司发展得如此迅速，而且团队专业性已经快赶超上海公司了。除了一些不便透露的原因之外，最重要的一点是精神的力量，要知道，现如今中原地区的模型行业已今非昔比，除了一线城市公司前来设置分支机构，加上本土机构的快速发展，业务拓展的压力越来越大。

刚开始的那会，郑州公司业务起步阶段，每天柴总便带着大家看《亮剑》寻求突围之招，这是我给他的建议。往往人在困难的时候，精神的力量才是无穷无尽的，更是考验一个人、一个团队、一个公司的重要法则。事实上，我们在从事公司管理的时候，总是在想着如何打造一个懂得坚持的团队，可是坚持背后的意义，正是精神的力量在鼓舞着每个人。

马克思曾经总结过，生活就像海洋，只有意志坚强的人，才能到达彼岸。我们拥有着吃苦耐劳的精神，刻苦钻营的精神，实际上它内在的驱动力对我们每个人的影响，都是至关重要的。我总是认为，事业不应该仅仅成为一个人安身立命养家糊口的工具，它还应该是一种信仰，一种强烈的热爱，一种炽热的热情和一种精神上的享受，一个在飘摇岁月中惺惺相惜的伙伴。我希望集团所有的同事，将来每一天都为自己从事的事业而兴奋激动异常，在有限的生命里，找到那个永不放弃的自己。

第十七章

月亮与六便士的深层含义

第一次读毛姆的《月亮与六便士》，是从呼和浩特飞往上海虹桥的飞机上。刚刚从希拉穆仁草原回来，体验了18摄氏度气温的夏天，还有一望无垠的草原。这次旅行的念头源自几年前，一位认识的老哥哥，他的家乡在海拉尔。他每次聊起草原，总会泪眼婆娑，神情激动。

直到我和老杨去体验了一趟。茫茫的草原，热情好客的蒙古人。在机场的时候，我买了毛姆的这本名作，从草原到机场，一路上颠簸，睡得正香，到飞机上怕是睡不着了，一本书，足够打发这段时间。这本书应该在刚到上海的那会儿，最适合去读。那个年纪，不会嫌少，也不会要求太多。人到中年，有老婆有孩子，勤勤恳恳地养家糊口，一旦不爱讲话，社交无趣，很容易变成社会角落里一个不太起眼的人。书是分时候去读的，有时读不懂，可能是因为经历不够吧。

至于月亮与六便士，我们如何去选择。读完这本书之后，在我看来，这是一个伪命题，算不上一道选择题，如果你真的是觉得毛姆在对读者说，人人都应该仰着头看着天空中美丽的月亮，而不是低着头灰头土脸地捡拾地上的六便士。那就特错特错了，人啊，往往不是自己渴望成为的人，而是不得不成为的人。那么，人生的意义到底是在哪里呢？在这本小说里，已经有了答案。我在前面的章节中也有提及，凡事多经历，人这辈子，没有返程车票，轰隆隆的列车上，最美的其实是窗外的风景。我们要考虑的是，我们在这短暂的一生里，是要做自己，还是选择做别人。瑜伽大师萨吉鲁说过这样一句话，让我奉为经典：人类天生的构造，决定了只要与内在的创造之源连接上，就能够以不可思议的方式去生活。

据说听了这句话，如果你发自内心地觉得是说给自己的，那么你的人生一定非常精彩。生活中，我们总是会在意别人的眼光，其实，我们在不同的阶段，往往是可以活出多样性的，我把这样的人生，定义成对生命的松绑。要知道，不去循规蹈矩地生活，同样可以活得非常精彩。更何况，我们都明白，自我意识一旦觉醒，每个人的潜能就会变得非常强大，所向披靡。

就在前几天，从呼和浩特到希拉穆仁大草原，途中坐了四个小时的大巴车，一路上的道路有些颠簸，加上车厢里面闷得厉害，让人觉得异常痛苦。导游为了给我们打气，一路上东扯西拉的，其间还教了我们几句蒙古语，可惜一句没能记下来。只是听到导游说，一下车，会有热情的蒙古女孩给我们倒酒，如果不接过来喝上两口，她们会很不高兴的。来前听海拉尔的老哥哥提醒，蒙古最厉害的两种酒是闷倒驴与大乌苏。

下了大巴车，终于踏上了这片草原，空气异常清新，远方如此辽阔。一位化着浓妆的异域姑娘，一手一只银碗，一只大，一只小。导游在我一旁说，这是最富传奇的闷倒驴。我赶紧照导游的吩咐，先用右手无名指，蘸取碗中的酒，向天空洒去，表示先"敬天"，再蘸酒洒向地面，表示"敬地"，最后蘸酒摸摸自己的额头，表示"敬祖先"，最后再一饮而尽。连续灌了三碗，不喝不行。一个黑皮汉子告诉我：外地人喝酒都是一斤一斤地论，咱这里，是一直喝。这叫下马酒，当时有些晕乎乎的了。终于知道了在内蒙古，吹什么牛都可以，就是别说自己能喝酒。

走上几步，呼吸了草原特有的新鲜空气，这才发觉，来到草原最大的好处是，可以忘记一切烦心的事情。眼前这一片辽阔的草原，已经可以装得下世间所有的一切了，更何况自己当时已经微醺了。不远处的牛肉干小卖部门口，放着应景的歌声，那是乌兰图雅的声音，在这个广袤无垠的草原上，纵横交错的起伏，成群的牛羊在低头觅草，蒙古包附近的牧羊人，拉着马头琴。

看到这绚丽的画面，什么烦恼也都没有了，整个人异常放松，草原上，相遇很多人，天南海北。因不易而美好，遥远的距离，心反而更加亲近。在这本书的后半段，我一边回忆着职业生涯，一边勾勒过往，从迪拜、到德令哈，再到内蒙古，还有很多印象非常深的地方，无论是与好友在异乡觥筹交错，还是独自一个人散布于林间。光是看到那一句，"如何把热爱变成生存的工具"，就已经吸引我了，第一时间发到了朋友圈。

曾经也有过朋友与我探讨，如果做自己喜欢的事情，也能养活自己，那是一件多么美妙的事情啊。这个世界上，大部分人已经陷入了一种平静的绝望之中，而不得自知，很多人每天在渴望着下班，下班后才能有自己的空余时间，做自己喜欢的事情。为什么不去想一想，如何把热爱当成工作，那将是一件非常大的享受。

我在写完最后这一篇章的主题后，交给了交大的老师，老师告诉我，人是可以同时拥有月亮与六便士的。这个世界上，其实有很多很多种活法，无论是世俗上的成功，还是个人意义上的成功，我们都是要去付出热爱和努力的。我们来到这个世界上，不是为了成为一个完美的人，而是为了成为一个完整的人，拥有善良、勇气和天分。

当充满激情的工作被生活倒逼着，所能创造的价值将会小很多，而做着自己不喜欢的事情，往往本身就是一种生命的浪费和时间的浪费。正如活着真的只是为了得过且过而活着的话，是挺没劲的。可是生活往往正是如此，一开始的理想主义，逐渐被生活与工作打磨，失去棱角，成为庸庸碌碌的普通人，往往是因为得不到，所以不想要了，陷入了一种自我否定的状态，把奇迹当不可能，把可以做到的事情当无稽之谈。

这趟希拉穆仁草原之行，让我感悟最深的是大部分人不加思考的惯性思维，往往很容易让自己变得麻木而不自知。其实我们真正的奋斗之意，来自对一切的否定与怀疑，接着找到属于自我最真实的东西。

看得见满地的六便士，也别忘记抬头仰望天空里明朗的月亮。

后记

　　最后，我又回想起我做过的五千多个沙盘，经历过的点点滴滴，手持经过无数的前辈师傅打拼而传承下来的工匠精神。让我想到牛顿那句带有浓厚浪漫主义色彩的名言：

　　"如果我看得更远，那是因为我站在巨人的肩膀上。"

　　（if I have seen further it is by standing on ye shoulder of Giants）

辛丑年八月十日初稿完稿于南京睿驰茶社

九月十七日完稿于荥阳市

王黎明